乡愁文丛　王剑冰　主编

银饰的马鞍

叶多多　著

中原出版传媒集团
大地传媒
大象出版社
·郑州·

图书在版编目(CIP)数据

银饰的马鞍 / 叶多多著.— 郑州 : 大象出版社,
2017. 5
(乡愁文丛 / 王剑冰主编)
ISBN 978-7-5347-9230-4

Ⅰ. ①银… Ⅱ. ①叶… Ⅲ. ①散文集—中国—当代
Ⅳ. ①I267

中国版本图书馆 CIP 数据核字(2017)第 073141 号

乡愁文丛
王剑冰 主编
银饰的马鞍
叶多多 著

出版人 王刘纯
策划 王刘纯
责任编辑 李建平
责任校对 安德华
装帧设计 王莉娟

出版发行 大象出版社(郑州市开元路 16 号 邮政编码 450044)
发行科 0371-63863551 总编室 0371-65597936
网址 www.daxiang.cn
印刷 北京汇林印务有限公司
经销 各地新华书店经销
开本 787mm×1092mm 1/16
印张 15
字数 148 千字
版次 2017 年 5 月第 1 版 2017 年 5 月第 1 次印刷
定价 32.00 元

若发现印、装质量问题,影响阅读,请与承印厂联系调换。
印厂地址 北京市大兴区黄村镇南六环磁各庄立交桥南 200 米(中轴路东侧)
邮政编码 102600 电话 010-61264834

找得到灵魂家园，记得住美丽乡愁

——“乡愁文丛”总序

王剑冰

我们强调保护中国的传统文化，而传统文化当中就有乡愁。乡愁是中国人热爱家乡、牵念故里的独特情结，是一种美好自然的文化观念。社会越是变化、越是浮躁，这种情结就越显珍贵。乡愁也是一种寻根意识，记住乡愁，记住美好的童年，记住美好的向往，也便是铭记我们的根本。

我们每个人都是故乡的一片叶子，这片叶子无论飘落多远，都无法摆脱大树对于叶子的意义。一个人的身上总有着故乡的脉络，流着故乡的血，带着永远不可改变的DNA。一个个的人也可以说是一个个村子的化身，他们走出去，分散得到处都是，却不会把村子走失。

说起乡愁，那是一种与生俱在的情怀，住在心中的故乡常常鲜活在那里。故乡是安放你的灵魂、温暖你的寂冷的地方，是接纳你的疲惫、抚慰你的忧伤的地方。翻开一页页被繁忙弄乱的过往，记忆中的余香总在儿时的故乡。那里有我们最亲密的玩伴、最爱吃的食物、最漂亮的衣衫、最天真的憧憬。而芬芳入梦的，多是亲人亲切的面容与温馨的相聚场面。那些亲人或已故去，或还在乡里。现在多数人对故乡的感觉同对年节的感觉一样，那种热闹团圆、香气弥漫的味道是乡情中最重要的部分。“每逢佳节倍思亲”，所以归乡最多的时刻是年节，带着满满的怀想、满满的辛苦，万水千山相携于途，构成最为壮阔的乡愁景观。古往今来，人们因为各种缘由漂泊在外，但总是要找机会赶回故里。金圣叹曾列举“不亦快哉”之事，其一即是“久客得归，望见郭门，两岸童妇，皆作故乡之声”。然而他们的欢喜中又带着那种“近乡情更怯，不敢问来人”的复杂心理。漫长的时光已然流逝，乡愁的话题始终没有停息，情怀早已渗透于诗歌典章，直至后来，还有余光中、三毛、席慕蓉不约而同地同题《乡愁》。

诚然，远在故乡之外的游子，生发的多为眷念之情，即使老杜有“漫卷诗书喜欲狂”“便下襄阳向洛阳”的返乡之举，回到家乡也还是要再出去，因“莼鲈之思”而辞官归返的张季鹰毕竟是少数。还有，余光中的《乡愁》或代表了一些人对于故乡的认知，那就是故乡即是母亲（或双亲）的代名，对于故乡的怀念即是对于母亲的怀念，回故乡即是为了看母亲，母亲不在了，故乡的概念便模糊起来。随着生活的变化，有人也不可避免地遇到了回乡的矛盾，记忆与现实发生了冲突，那种期待值与仪式感渐渐折损，许多美好已然变成了永久的追忆。所以有人会说："我是真的爱家乡，不过爱的可能是记忆里的家乡。"确实，没有一成不变的事物，这是时间所带来的不可逆转的事实。然而不可逆转的还有那份强烈的牵绊，永恒的顾念并未因此而中辍，情感的执拗还是同那些疏离与怨怼扯断了关联。生生不息地以文字表达出来的乡愁，也成为中国文学中一个特有的传统。

作家们大都已离开生养自己的故土，但我们却能看出那种深深的乡愁情结，这其中有写生养自己的故乡的，也有写生活过的第二、第三故乡的，还有赞美如故知的他乡的。文丛中，地域山水皆有代表，民俗风情各具特色，多方位地展现出人与历史、人与环境的关系，彰显对亲人故土的真挚情怀以及对世态人生的深切感慨，给我们带来亲近，带来回味，带来启迪，让我们感受到温馨而深挚、苍郁而辽阔的文字力量。

我们说，在意乡俗年节，提倡尊崇温情，爱护碧水蓝天，留住美好记忆，是和谐社会建设的内容之一，也是复兴民族文化的核心之一。这样会把我们赖以生存的环境保护和建设得愈加贴近期待与理想，也会使我们愈加容易找得到灵魂家园、记得住美丽乡愁。大象出版社倾心打造这样一套阵容壮观的“乡愁文丛”，就是带有这样的初衷。该文丛是具有欣赏性、研究性、珍藏性的文学工程，也是一种文化的记忆与期望。“故乡今夜思千里，霜鬓明朝又一年。”随着时间的挥手远去，这种记忆与期望会愈加显现出它的意义。

2017 年初春

目 录

在昆明居

很多人都知道昆明是一个地处西南边陲的边疆城市，不太陈旧，也不太张扬。阳光充足，节奏得当。我喜欢昆明的理由其实很简单，温和的气候，饱满的蓝天，不紧不慢的日子。没有大的起伏，像清晨的风，飘浮着一股淡淡的阳光味道。

我是一个速度缓慢、害怕紧张的人，多年前便辞去了工作，开始过一种漫游和写字的生活，其中的窘迫和困顿也是有过的，并曾使我多次黯然。

每每那时，我便穿过漫长的街道去省图书馆看书，或者从塘子巷一直走一直走，走到很远的广场邮局去给朋友寄信。至今，我还保留着写信和寄信的习惯。

黄昏，从书中出来，再沿着翠湖不紧不慢地走回城南的家中。我一直认为翠湖是昆明最美丽的地方。大学读书时，我和小俭、杨子几个文学青年，经常人手一瓶汽水，围坐在湖边柳树下的草地上，热血沸腾地谈论着艺术。我属于话不多的那类，于是，当他们说得口干舌燥时，便不停地派我去买汽水。现在，那片草地上被安置了一个木头的小亭子，成了老头老太们唱花灯、打麻将的乐园。

那时，回家的路要先穿过小店林立的五成路再到忠爱坊，然后顺着金碧路一直往东走。金碧路上有我喜欢的高大的梧桐树，再往下就是盘龙江，离家不远了。日子便又在平静中悄无声息地延续下去。于是，读书，看碟，写字，然后走到窗前，浏览一下形形色色的绿色，纯净蓝天，阳光灿烂，所有的街道因了温暖而活色生香。确实，昆明就是这样一个绝不会让你走投无路的地方。

昆明的春天是我最为钟情的季节，伴随着纷繁的花朵，我的思维会变得异常活跃，千奇百怪的念头与想法像茂密的热带植物一样在我的脑海里缠绕，各种缤纷的语言脱颖而出，纷至沓来。昆明的春天，也是一个写作者的春天，我开始在这种斑斓中释放我的文字，可以说，我所有的篇章几乎都是从春天开始的。随着文字的不断蔓延，昆明也进入了夏天。

热烈的天气有时也伴随着绵绵的细雨，我的思维也会随着雨季进入一种缠绵状态。这时候，我会放下笔，摆弄花花草草。我耐心地翻土、施肥，认真地浇水、修剪，不定期地迁移它们的方位，好让它们享受到更加纯正饱满的阳光。

我是奢侈的，家里一年四季都有丰盛的花朵绽放。栀子，白得纯粹；鸢尾，蓝得肆虐；玫瑰，红得妖娆。那些妖孽般的色泽和姿态，带给我一种经久不息的热烈和激情。

然后，我会在某个明媚的午后，沏上一杯茶水，重新翻开那些使我百看不厌的书籍。在弥漫的书香中，凉爽的秋天如约而至。

秋天的昆明看不出明显的季节变化，仅仅是早晚的温差增大而已，天空更加湛蓝，湖水更加清澈，抬眼望去，树木依然绿得养眼，花事却更加丰饶。

昆明是一座鲜花环绕的城市，且不说那些花枝绿叶装点的角落，就是以鲜花为料的食品也比比皆是，玫瑰糖、玫瑰酱、玫瑰花茶、玫瑰花酒、鲜花饼、鲜花宴，等等，种类之多，不胜枚举。然而较之食物，我更喜欢鲜花，各种各样的鲜花。其中尤爱玫瑰，我的书桌上从来没有断过玫瑰。这些美丽妖冶的高原玫瑰有着世界上最为高贵、最为神秘的香气，它们若隐若现地萦绕着我，让我的内心充满了柔软和妩媚。

除了鲜花，我还喜欢昆明那些弯弯曲曲的小巷子，恬淡、舒适，夹杂着些许的神秘和慵懒。走累了，随便找一间小店坐下，要一个烧饵块，抹上香香的芝麻酱，再来一碗玫瑰木瓜水，加冰的，又香又凉快。

不经意间，会邂逅一两间另类的小店，里面摆满了异族的饰品，如果细心搜寻，仍然不难找到那些已经穿越了亘古时光的老银、木器，它们携带着古老的秘密，被藏于柜台，藏于时光。

很快，夏天积累的疲惫，在昆明美丽的秋天里飘然而逝，那些依然缤纷的花朵，那些依然闪烁的高原星空，填补了我过多消耗的精力。我开始准备冬天的长旅。一直以来，我总是在昆明温暖迷离的冬天里开始我辗转不息的长旅。

出门前，我买了十多个水仙球，很仔细地用清水泡上。原想春节正好开花，许是昆明的温度适宜，阳光热烈，才二十来天就早早地冒出了花苞。很快地，小小的花朵挂在长长的、柔柔的茎上，呼呼啦啦地在冬日的阳光里绽放。

当我从远方回到昆明的时候，海鸥已从寒冷的西伯利亚如期而至，翠湖边每天都围满了游人，很多人手里捏着一元一袋的鸥粮，雪片般的红嘴鸥悠然地享受着昆明人的热情和昆明的温暖。

是的，在昆明的花朵与枝叶的簇拥里，我一直过着平静而简单的生活，周而复始，任何事情都可以随时放下，也可以随时拿起。我给挚爱朋友的问候经常是：捎去昆明的白云和阳光。这确实是我内心最珍视的礼物。

我甚至相信，生活在这座四季如春的城市里，若干年后，一定也会有人来告诉我，比起你年轻的时候，我更爱你现在备受摧残的容颜。

母亲的村庄

很长时间了，我总是隔着城市，远远地端详着母亲的出生地，犹如一种缓慢的阅读，潜入、持续，但不刻意。

是的，生活中充满了许多说不清的事情或情绪，就像天空中的云，在不经意间时隐时现，你可以有充分的理由去注意它，也可以有充分的理由不去理会。

我以为，我一直都会是这样。

中年以后，有些事情突然凸显出来，变得对我十分迫切和重要了。大营就是这样。

是马良开车把我带到大营的。

车出北城古镇，铺展着的油菜花一直延绵了四五公里。油菜花过于恣肆，完全占据了我的视觉空间，以至于我无法集中注意力听坐在身边的马良都说了什么，只感觉他一路不断地指指点点，大概是说某个景点很有名，或者又经过了某个村庄，等等。

我含混地点着头，算是对马良热情的回应吧。

在油菜花戛然而止的地方，村庄出现了。80 多年前，母亲出生在这里。同那个时代所有的农村女孩一样，少女时代的母亲因了这里山水的滋养而出落得安静、美丽，即使到了晚年，母亲依然面容明朗，骨子里透露着一种和静安谧的气质，一如这里的山水。岁月沉淀了沧桑，只有落落大方的气度依然不变。

我一直仰慕并渴望母亲这种持续了一生的美丽。

小时候我曾随母亲回过一次大营，记忆里除了青山绿水就是一片连着一片的菜畦，上面种着红红绿绿的蔬菜，纵横交错的田埂上盛开着淡淡的雏菊，炊烟，弯月，清真寺，有着灰色皮毛的水牛。一条河流蜿蜒地绕村而去，村中尚有清澈见底的小溪潺潺流过，每家都用流水淘米洗菜，春天，时有飘落的桃花李花撒在水面上，人们隔着小溪说话聊天。

这种记忆一直保持着，当我在喧嚣中感到身心俱疲的时候，我总会把它从脑海里取出来，在安静的一隅慢慢品味，一如自己喜欢的书。信手拈来，人有的时候真的很功利。

外公告诉过我，在过去的岁月里，为了防御盗贼，曾经在村庄的四周筑起过高墙和碉楼，高墙外面还挖了很宽的壕沟。

如今，只在村口还留有一座碉楼，虽然陈旧，但依然坚固。西栅子和东栅子的碉楼都只剩下些许浑黄的痕迹，高墙和壕沟也消失了，取而代之的是一幢幢新楼房和一个个种满花草的庭院。

《新华字典》对“营”的解释是：军队驻扎的地方。而我母亲的村庄却跟军队没任何关系，有关大营村起源比较可靠的说法是：杜文秀起义失败后，部分将士避祸至此并与当地回族聚居后逐渐形成了大营村。

村子里原有一所古老的清真寺，土木结构，位于村子的正中央，是整个村庄最庄严的建筑。2008 年，村民集资又在村口建了一所新的清真寺，一旧一新交相辉映，犹如时光的交替。

在村子的上端，棠梨山脚下，有两股神奇的泉眼。每到春天，油菜花、蚕豆花烂漫的时节，这两股泉眼便会冒出一种酸涩的泉水，左边味浓，右边味爽，当地人谓之“涩水井”。

每天清晨，当阳光还没露脸的时候，涩水井边开始热闹起来，村民们三三两两来到井边，不断把涩水打上来，用木桶挑回家去，更有不少性急者，干脆用瓢舀了在井边就喝了起来。

太阳照在井边的时候，便有村里的妇女陆续挑着担子来到井边，分别支起阳伞摆起摊子，卖一些诸如花生酱、酸角、糖稀之类喝涩水必不可少的调味品，小本经营，谈不上赚多少钱，图的是个热闹。

太阳最热辣的时候，也是涩水井最热闹的时候，连空气里都鼓荡着浓烈的乡间食物气息，四面八方躲避暑气的人们纷纷拥向这里，汲一桶甘洌的涩水，在小摊子上买一大碗糖稀花生酱倒进去，顺手再放几只酸角，用瓢子稀里哗啦一搅，一桶清凉解暑的可口饮料就算制成了。几个人把桶提到山脚的树荫下一坐，便开始享受这种奇妙饮料带给舌头的美好感受。

进了村庄，随便穿梭于那些铺着青石板的小巷，眼前人物和建筑无不闪烁着朴素、宁静的光辉。巷子转角的那个小店里，一个大婶正在煎油香，一种穆斯林特有的食品，旁边围着几个神态悠闲、眼神温和的食客。忽然间我被触动了，我缺少的，不正是他们这种自然而然的心态吗？

在过去很长一段时间里，我不断觉得自己的身体缺少什么，是的，一定是缺少什么，不然，我怎么老觉得自己的躯体空得只剩下一个壳呢？

旷日的空虚感让我恐惧，我悲哀地认为，这种可怕的感觉是不可能自行消解了。不是吗？从医学的角度说，当一个人的身体里缺少某种物质，不可避免地就会产生种种不适，就需要依靠药物来补充和调节平衡。于是我不断变着花样吃着各种各样的药丸、营养品、保健品，希望自己能够茁壮起来，同时也希望能找到一剂能够遮蔽虚弱的良方。我不是一个有力量的人，有着身体上的病痛和心灵上的怀疑。

犹豫、惊讶、无助、沉默、烦闷，很长一段时间都是我的常态。一直希望被关怀、被体恤、被原谅，希望一种没有变质的完整，简言之，我对自己的身体彻底失去了信心，唯有不断地吃药，可是，我不得不承认，我因此更加茫然。

在茫然的路上，精神如何着落？我该向何处逃亡？

我想了很多很多，命运、旅途、时光、生存、旧爱、新欢，以及种种不连贯的纠缠，等等。

想到这些，忽然间就有些过不去了。

那天，当我在阳光中推开那两扇已经十分斑驳的大门时，看见院子里种了很多珠兰、栀子花，以及高过人头的竹节海棠等，都是一些南方常见的花草，浓郁热烈，满庭芬芳。一个戴着头巾的小姑娘正坐在桂花树下认真看书，我的出现让她抬起了头，我看见了她百合花一样年轻干净的容颜。

向着姑娘的身后看去，光线明亮的堂屋里依然摆着颜色沉重的雕花老式大方桌和春凳，屋顶有燕子筑起的小小的巢，鸟儿们时而飞起，掠出好看的剪影。

像经历了一次长长的睡眠，我的思维突然变得清晰起来。

母亲就出生在这座院里。这是一座典型的南方四合院建筑，建于她曾祖父的手上。若干年后，当我第一次随母亲走进这座曾经恢宏的院落时，它已经彻底闲置了下来。青砖黑瓦上的瓦松开着密密麻麻的白色小花，高高的白色照壁由于时光的砥砺变得有些黯淡，墙脚雕着花纹图案的大块青石板上长满了绿色的苔藓，看得出，它们在时光里走得缓慢而决绝，在不知不觉中已经穿越了整个世界。

再后来，村里逐渐办起了很多私人企业，随着外来务工人员的增多，原先一千多人的村庄逐渐发展到了三千多人，土地和房屋都金贵起来，于是，不断有人提出要租用家里的这所老宅院。母亲就与舅舅们商量：咱家已经不缺吃不缺穿了，何不把房子无偿借给村里办一个女子班呢？这也是母亲一直埋在心底的愿望，村里新的学校扩建工程一时完不了工，校舍紧张。母亲的想法得到了舅舅们的一致认可，在村里的支持下，20 多个来自各地的女孩在这座有着一百多年历史的老宅里开始了她们新的学习生活。

女子班的马昕老师告诉我，虽然这里的办学条件还比较艰苦，但孩子们通过学习阿文，不但增长了宗教知识，也算多了一种生存技能吧。说起自己放弃了大城市的高薪工作来这里教书，这位端庄从容的女教师说：能够把知识和美好的东西传授给这些孩子们，我真的很高兴。看得出，这是一位有主见，也有才能的女子。我想，她和她们的所有的努力都值得永远尊敬。

踩着右边那架吱吱作响的楼梯上了二楼，最顶端便是母亲少女时代的房间。除了母亲用过的那张红木雕花梳妆台，还摆了两张上下层的高低床，床上的被褥整洁干净，我特别注意到了一张床的枕头上还绣着一幅精致的牡丹花图案，想必这也一定是个花儿一样的女孩了。

母亲十多岁的时候就离开家乡到昆明女子中学读书，出嫁以后也一直生活在昆明，同外婆一样，她也是一个旧式妇女，嫁夫随夫，相夫教子便是她生活的全部，后来，她和父亲作为旧式人员被人民政府吸收参加了工作，成为工人阶级中的一员。为了彻底洗清自己的旧式身份，他们丝毫不敢懈怠，几十年如一日，老老实实、勤勤恳恳地工作，直到退休也没有机会回到故土做长时间的停留。

离开了故土的母亲注定是孤独的，但我知道，母亲的内心有一个地方可以驻足，那就是带给她希望的信仰，她也因此而一直处于生命再造的乐观中。

一个人的心如果是辽远的，自然也就没有什么可畏惧的了。

推开后墙上的格子花窗，可以看见隔院王家正在建盖新房，地上有序地堆积着水泥、砖头和沙子，王家精明能干的长子正指指点点地对施工人员说着什么。一个留着山羊胡子的老者端了一杯茶坐在稍远的地方悠闲地喝着，顺带也看着施工的进展，看得出，他们的脸上都荡漾着一种淡淡的自豪。

出了家门，又一个人沿着村中小道漫无目的地走着。看看房子，看看那些面容松弛从容过往的人们。

在清真寺的外墙下，坐着一排晒太阳的老人，个个面容安详、目光和善。一个老奶奶笑眯眯地拍拍身旁的小竹椅对我说：“姑娘，过来坐坐。”

“你从哪里来？”老人笑眯眯地望着我。

我从哪里来？我的喉咙突然哽塞了。

多年以来，我的内心一直存在着一种不易察觉的镌刻般的隐痛。这种隐痛源自同这个村庄真正血肉意义上的联系。

我爱母亲的出生地，却又觉得与它有隔膜。很多次了，我似乎已经走到它的跟前，却又觉得离它那么远。就这样，我一次一次地徘徊在它的身边，却又一次一次地离它而去。

当我终于回到母亲出生地的时候，我已无异于一个陌生人了。

眼前的老人让我敬重。

我无从知道她的生命中曾经占据着什么、憧憬着什么和拥有过什么，但我敢肯定，她一定刚刚做过礼拜，身上还带着那种洗涤过的芬芳气息。

生命不仅在于存在，更在于饱满和松弛，这是我以前没有想到的美学入口。

对于这些安详的老人而言，礼拜和晒太阳，都不过是他们日常生活的一部分。

本想以清真寺为背景为他们拍一张照片的，但最终还是放弃了，面对这些安详的老人，我突然觉得照相机太暴力了，有一种入侵者的无耻。

告别了这些老人，我转身进了清真寺。

大殿庄严而宏大，地上铺了一排排干净的褥子，蹲下身来摸一摸，熟悉而又温暖，这里是回民们永远的家。

想起曾经问过一个到昆明读大学的女孩：毕业后会回到家乡去吗？

这个有些羞涩的女孩坚定地说：会的。

我有些替她遗憾，她笑笑说：城市再好，可终究不是自己的家啊。想到家，我的心像被刀片割了一下，一种完整、原始、强劲的疼痛再次涌起，久久弥漫在身体里。

一直以来，我不断地离开，然后又不断地寻找，我到底在寻找什么？哪里才是我真正的家呢？

最后又转回到家门口。

门框的油漆早已经剥落，露出了水波一样的木头花纹。

我几乎是把镜头抵在上面，微距拍摄了那些美丽的花纹，它们是老房子的记忆。

忽然间就生出了一种相处日久的亲近感，就像寒冷的冬天，一件温暖的毛衣披加在了身上。

怎么说呢？安宁、清净、平和、朴素，这些形容词都只是一种感受，都太形而上了。我想说的其实是我能够来到这里，真好。

记忆深深镶嵌在木纹里，他们是我至亲的人。

在我眼里，外公是强悍的，强悍得近乎有些冷酷。

按照当时家里的境况，外公完全没有必要去走那条被称为“夷方”的马帮之路，只要做做身边的生意，巩固着父辈们创下的家产就可以了，这份家产虽然不算丰厚，但全家守在一起过日子是没有问题的。但从小胆识过人的外公不这么认为，在他看来，儿女情长是没有出息的，一个男子汉总不能守着老婆过一辈子，况且马帮生意可以获取十倍以上的利润，他有责任让父母和妻子儿女过上好日子。那时的他，完全被自己的想法迷住了，只有蓬勃的事业心，没有任何的风月心情，他的力量来自他对生命的肯定，而冒险则是他精神里的骨头。为此，他到遥远的丽江为自己和未来的马帮精心挑选坐骑，那里是云南马帮最大的集散地，有着云南最好的山地马和骡子。这些牲口不仅形体优美、四蹄壮硕、尾巴粗壮，更主要的是耐力极强，能够适应从雪域高原到热带雨林等复杂的气候和路况。外公深知，对于一个马帮而言，那些训练有素的优秀马匹无疑是最重要的。要知道，如果正好走在悬崖峭壁上，捣蛋的马匹只要随便使点儿性子，很容易就可以要了人的命。天赋和好学给了他掌控事物的能力，他当然没有忘记为自己的马帮置备那些出远门所必备的东西：帐篷、炊具、铺盖和足够的清真食物，漫漫旅途，能够找到的清真食物真的非常有限。当然，还需要有数量足够的枪支弹药。强盗出现是常有的事，仅在老挝境内就有两伙出名的土匪，个个都是拎着脑袋不怕死的人，且枪法神准，专以打劫为生。当一切准备停当，我的外公，那个容貌俊朗的倔强青年，就义无反顾地踏上了一条充满变数的冒险之路，自此开始了他艰难但辉煌的创业生涯。

我曾从西双版纳沿着马帮当年走过的路线一直走到泰国境内，至今脑海里一直挥之不去的就是密林里那些嵌在石板上的深深浅浅的马蹄印，以及那些陡岩下、山洞里随处可见的森森白骨。走出滇中越往南气候越炎热，到了西双版纳就完全进入了热带雨林地区，山高林密，野兽出没，瘟疫疟疾横行，人和牲畜都极容易得病。尤其是雨水季节，炎热加上瘟疫，往往很轻易就会掠去人和牲畜的性命。为了避免人畜得病，一般都选择干燥的季节出行，即农历九月动身，到次年三四月雨水下地的时候回来。毫不夸张地说，即使在交通和通信已经发达的今天，进入茫茫的原始森林和热带雨林也是一件十分可怕的事情，也需要付出常人难以想象的努力，智慧、胆识、毅力和品德都是必不可少的。

家里的那些老照片里，外公的每一张都很有特色，其中一张是 20 世纪 40 年代晚期在泰国照的：他形容清瘦，侧面支着下颌，眼睛看着前方似在沉思。他确实是在沉思，作为当时最大的马锅头之一，他的马帮在老挝境内刚刚遭遇了一股悍匪，虽然最终交战结果是击退了土匪，但马帮也损失惨重，最重要的是他在这次搏斗中失去了宝贵的左眼。从此，英俊的外公有了致命的缺陷，那只空洞的眼眶使他的脸失去了平衡，他也因此而没有再照过一张相片。外公的长处在于他的矢志不移，坚持得甚至有些固执。哪怕遭遇了如此重大的打击，他依然重整旗鼓，率领着他的马帮常年穿行在土匪强盗、瘴气猛兽横行的热带雨林里，那里曾是南中国最可怕的地区之一。

与外公相比，外婆是个美丽而宽和的小脚女人，由于脚小，她走路总用一种特殊的姿势，小时候特别惊异于外婆那双裹成粽子状的三寸金莲。

外婆的世界，是一个以礼成美的世界，她的礼是阳光和煦的那种礼。一年四季，虽然操劳忙碌，她总是穿着素洁的棉布衣服，家里所有人的衣服都经她亲手浆过才得以上身。在我童年的时候，外婆已经接近八十岁了，她的头发依然梳理得一丝不苟，整洁庄重，浆衣、擦拭家具的习惯依旧。每逢家有客人，她总是捧出家里最好的食物，笑眯眯地催着你吃下去。是的，她的静仿佛是为了衬托外公的动，任凭人世怎样变化，她的世界总是和缓的、平静的。

她的好处在于谦和而坚持，在于平淡中生出对生命和生活的爱。人、人生、态度、过程，无论遇到什么情况，她的脸上总是平静的。当年，当她年轻的丈夫趁着家人熟睡，带上家里所有的钱财走上马帮之路的时候，她虽然知道此去危机四伏，但她还是默默地为他收拾行装，给他的钱袋缝上缜密的针脚，然后，轻轻地拉开大门，目送着他悄然消失于尚处在睡眠中的村庄。第二天，发现儿子走了马帮的公婆俩气得不轻，公公更是站在院子里大发雷霆，声音震得整座大院都嗡嗡直响。她除了轻言细语地劝说他们息怒，便不再多说什么，尽管那时她的内心也充满了恐惧和迷茫，但那个骨子里充满冒险精神的人是她的男人，她相信他、理解他，更要帮助他。那时，外公的马帮往返东南亚一趟通常需要三个多月甚至更长的时间，一年中，一般往返两次，生意好的时候，接着出行也是常有的事。换言之，外公的生命属于那个充满艰辛、冒险的马帮世界。在丈夫不在身边的漫长岁月里，外婆尽心伺候公婆，精心教育孩子，在她看来，恪守传统、勤劳持家即是她人生中最重要的事情。坚持与宽厚使她变得更加宽广，她的六个孩子中，两个儿子上了西南联大，一个参加了革命，在剿匪的战斗中献出了年轻宝贵的生命，她的三个女儿均被送到昆明女子中学读书，这对于一个旧式妇女来说，此举尤其显得难能可贵。

时间虽然过去了很多年，外婆的音容笑貌犹在眼前，又安静，又温暖，却又仿佛隔了天地，隔了时间。

当我在夕阳中又一次站在家门口那块已经磨出深深绳迹的拴马石前时，我不禁有些伤感地想，一次一次地远行，一次一次地离别，当那个冒险家骑着那匹剽悍俊美的枣红骟马走出巷子的一刹那，他是否曾回头看一眼一直倚在大门框上默默注视着他远行的美丽妻子呢？

银饰的马鞍

那个用银子镶嵌的马鞍一直安置在这座老房子厅堂的窗下。每当光线透过窗格子扫在上面的时候，那些美丽繁复的图案便活了起来。即便是在马帮兴盛的时代，这种银饰的马鞍也是不多见的。岁月丝毫没有剥蚀它的光芒，却炼制出了一种无与伦比的厚重，仿佛仅仅是经历了一场华丽的睡眠。

看见它时，我怔住了，久久地端详着，一时无语。唯有伸出双手，轻轻触摸着那些凸凹的花纹。

外公留下的这副鞍具据说整整花费了鹤庆白族银饰老匠人半年的打制时间。鞍鞒、前叉、后叉、鞍翘都是用一种叫泡木的珍贵木材制成的。这种木材韧而不硬，制成的鞍子架到马背上会随着马儿的走动产生弹性，从而不易磨伤马背。鞍泡则足足耗去了两公斤白银。配上熟牛皮的压纹鞍垫、紫铜的龙吞马镫，无论从哪个角度看，都彰显着华贵与气派。

好马配好鞍，长期坎坷不平的骑乘生活使得骑手们对于马鞍的要求是非常讲究的。而外公除了要求马鞍舒适耐用，他还喜欢把鞍子尽量做得美轮美奂。

在我写下这些文字的时候，有关这副鞍子的一切细节，斜放在角落里的马架，以及它那已经磨细了的皮绳都复活在了我的眼前。

马架用松桂马耳山背阴坡上的千年黄栗木制成，不仅不会断裂变形，至今都还散发着一股树脂的芬芳，还能驱赶马背上的蚊虫蝇虻。

在那些逝去的岁月中，我的外公就坐在这副鞍子上经年率领着庞大的马帮跋涉在茶马古道的险山恶水之中。

外公从小爱马，一直以来，他把自己所能够拿出的所有热诚和关爱都给了那些秉性忠诚刚烈的生灵。他的马帮拥有一流的云南山地马，这些马既没有蒙古马的剽悍勇猛，也没有新疆马的飘逸英俊，通常它们个子不高，瞪着一双绝对可以称为温柔的眼睛，只有偶尔一瞥的野性眼神和脸部依稀可辨的硬朗骨骼才可以看出它们所拥有的阿拉伯马的血统。远在元代，它们的祖先随着商队自遥远的西域而来，后与当地马杂交形成了今天的云南山地马。当它们驮着庞大的垛子翻越空气稀薄的雪山时，那强健的后腿和惊人的耐力让人相信，它们身上奔流的绝对是铁血。

说到云南山地马，有一个地名是不应遗忘的：鹤庆。这里是茶马古道上最著名的马市，水草肥美，草场星罗棋布，是养马驯马的天然宝地。从唐代开始，鹤庆马便与大理马、丽江马、宁蒗马并称云南四大名马，它们是云南山地马中的杰出代表，不仅上贡朝廷，更是茶马古道上的主力军。没完没了的雪山荒原、峭壁峡谷，马儿们凭着本能一路识别着那些毒土毒水、毒花毒草，因而很少发生中毒的事情。

此刻，我已经来到了奔子栏，连日的高原奔波使我疲惫而虚弱。六月的澜沧江阴雨连绵，江水湍急，山道泥泞。浑黄的江水覆盖了河道，我听见了水流触碰江石发出的声音。

一切都还是从前的样子，一切都不曾改变，仅仅是一些土墙头上长出了青苔。江边的山坡上散布着几个贫瘠而淳朴的山村。无忧无虑的孩子们袒露着漆黑湿润的眼睛，犹如清澈透明的水滴，融汇在自北向南奔流的澜沧江水里。奔子栏是澜沧江边一个很热闹的小镇，也是南来北往的马帮的驻足地。走在街上，饭店门前的一块拴马石吸引了我的目光。刚才，天空的最后一抹阳光还在那已经磨损的石面上移动，转眼却已移除了视线。我朝着这块石头走去。在奔子栏，这样的拴马石还有很多，它们一律淹没在岁月的暗淡里。我曾长时间地注视着它们，透过那些深深浅浅的绳迹，我惊讶地发现，它们并没有化为尘土，也从未腐朽，它们早已穿越了岁月的沉重，一直生机勃勃地活到今天。人，马，兽，鲜活的生命就这样将自己嵌入了永恒。

我希望能拍一张奔子栏全貌的片子，于是便在江对面的村子里住了下来。第二天往山头爬，在山顶，我被奔子栏的地貌和鳞次栉比的客栈、饭店深深震撼了。镜头里，我再次看见了那间含满过去时光的乡村杂货店。不仅是奔子栏，云南这样的乡村杂货店也为数不少。清一色的木板门面，早晨，一块一块地把门板卸下来，晚上又一块一块地装上去。里面大都经营一些诸如盐巴、辣子、酱油、红糖、酥油、针线、铅笔、练习本之类的日常生活用品。房子是自家的，小本经营，图不上赚，图的是消磨时间。没有客人的时候，看看电视，打打瞌睡，自有一番慵懒自在。傍晚是小店生意最热闹的时刻，连空气里都鼓荡着乡村食品浓烈的气息，让人感觉到它们带给味蕾的美好感觉。从大地上回来的人们，都在这里扎堆，或端着饭碗来讨口咸菜，或议论一下谁家的牲畜下了几只小崽。人群中有谁说一句俏皮话，便爆发出一阵经久不息的朗笑。当暗淡而温暖的灯光从斑驳的小店倾泼出来的时候，食物的香气也随之荡漾开来。朴实的山民过着古老的生活，并不急于融入高速发展的信息时代，他们是小店的灵魂。

就在昨天晚上，我还在这间小店里买了电池和手纸。店老板是来自大理巍山的回民，先辈一直在茶马古道上走马帮。这是一个天生隆重的男人，有着一种与生俱来的马背风格，匀称的骨骼和五官，褐色的眼睛，目光温柔而平和，只有在不经意间才会流露些许的疲惫与茫然。他的女人同样大方得体，一袭黑袍裹着她丰满的身体，头上是乳白色的丝巾。她长时间地坐在小店里，用一个青花细瓷的茶碗很仔细地喝茶，休闲而优雅，高原暴烈的燥风似乎丝毫也没有损伤她姣好的容颜。

我以一个俯视的角度按下了手中的快门。我之所以拍下这间小店，是因为它的主人告诉我，它的四周即将盖起砖房，从摄影的角度说，穿越亘古从四面八方涌来的光线就要消失了，它将独坐在暗淡里。这是所有老房子的宿命。而现在，它仍是一朵盛开的古莲，端坐在光的安详里。

我还看见了那匹黑炭马。它是智者，同时又是弱者。它遍尝百草，驰骋高原，从容不迫，铁蹄稳健，但更多的时候，它沉默而隐忍，甚至像无助的婴儿一样，睁着一双温柔的泪水涟涟的眼。我的手心一片冰凉。我想，我看到了这匹马的疼痛和疲倦。

马帮打通的茶马古道隐藏在中国西南最险峻浩瀚的山脉和最神秘的丛林之中，南北纵横几千公里，大致说来分为南北两线。北线从云南普洱茶产地出发，穿过滇中坝子，经大理、丽江、迪庆到西藏昌都、洛隆、林芝、拉萨，再翻越喜马拉雅山脉到达尼泊尔和印度。南线从勐海出发，经澜沧、孟连到达缅甸，再经缅甸的曼德勒、仰光到达印度的加尔各答。在过去漫长的岁月里，这些古道一直是中国西南连接内地、南亚、东南亚和中东的交通大动脉。

当初走在这条路上的人们，也许怎么也没有想到这些如血管一样的小路在今后漫长的岁月里会与世界联系起来。

如果往滇西，通常是这样走的：从昆明顺城街出发，第一天到安宁，第二天到老鸦关，第三天到禄丰，再到舍资、广通、楚雄、吕河、沙桥、云南驿、红岩、大理、右所、甸南、丽江、桥头，穿过金沙江进入中甸藏地，一个单程即使顺利的话，也要走半个多月的时间。

西南的马帮是什么时候兴起的，至今没有人能够给出准确的时间，但有一点是可以肯定的，那些遍布苍莽雪原、神秘丛林的如蚯蚓一样的小路，全是人和马一步一步铁骨一样踩踏出来的。它们是西南交通的动脉，千年以来一直决定着这片土地的兴衰。

当时的马帮一般有三种形式，家族式的实力最为雄厚，诸如马记、杨记马帮，等等，其余的为拼凑和结帮，同村和同族的人把三三两两的骡马凑在一起，再推举一名胆大心细、德高望重的人做马锅头便上路了，这种马帮随意性很强，往往一趟生意下来就散伙了。能够穿越藏地到达印度的马帮一般都是大家族、大商号的马帮。风霜雨雪，毒蛇猛兽，瘟疫疾病，匪盗猖獗，一趟跨国之行就要耗去至少半年的时间。

云南多山，马帮是千百年来最重要的运输方式之一。一匹驮马大约能载重约 80 公斤至 100 公斤，日行 30 公里左右。马帮有严格的组织和规矩，在马锅头的统一领导下行动。配齐马旗、途示、响铃、毛渣、花缨，当然，还有必不可少的武器，按照头、二、三骡和群伙顺序编好队，马帮便可出发了。除驮茶叶、面条、面粉、蚕豆、豌豆、粉丝、干辣子、红糖、冰糖、漂烟、烟叶等货物外，每个马帮都有一个空驮子，驮着防身的武器和锣锅、粮食。马帮会根据人数多少设有专职的炊事人员。

在崇山峻岭中回民马帮历来以勇敢坚毅、诚实守信著称。运输和经营的商品货物也完全取决于贸易的需要。以进入西藏的马帮来说，进藏时一般驮去著名的云南茶叶、铜锅、铁制生产工具，回来时捎回经印度流入的诸如洋烟、洋碱、英国毛呢、美国西药、自行车、缝纫机，等等，当然也少不了藏地的贝母、麝香、鹿茸、藏红花等山货。

关于马帮的艰辛，俄国人顾彼得在《被遗忘的王国》里写道："西藏的雨季很可怕，在边界上所有的马帮和香客来往交通通常停止一段时间。山路变成泥潭沼泽，江河暴涨，大山为云雾所笼罩，冰雪崩落和滑坡与其说是意外，不如说是常规。许多旅行者被永远埋在几十吨重的岩石下或葬身于激流中。"清代焦应旂的《藏程纪略》也有描述："坚冰滑雪，万仞崇岗，如银光一片。俯首下视，神昏心悸，毛骨悚然，令人欲死……是诚有生未历之境，未尝之苦也。"长期以来，这条世界上最为艰险，也最为惊心动魄的道路，由于路途遥远，缺乏供给，生死往往仅存一线之间，伤亡难计其数。

再往前，就将抵达茶马古道云南境内的最后一站：德钦。那时候，这里还叫阿墩子。大理、丽江的回民商号大都在这里设有分号，以便让马帮在这里调整货物，补充给养，养精蓄锐，为翻越至今仍然是天堑的梅里雪山做好准备。梅里雪山主峰卡瓦格博海拔 6740 米，位列藏区八大圣山之首，藏民把朝拜这里看作是终生的荣耀和幸福，因此，每年从西藏、青海、甘肃、四川藏区前来朝圣的藏民络绎不绝。商号在这里以酥油、茶叶、糌粑换取香客们背来的麝香、大黄、皮货等藏区特产，然后驮回内地卖出，获利颇丰。

这里是澜沧江最深的峡谷，也是回民的先民从北往南迁徙途中的一个重要驿站。多年来，虽然我多次辗转于茶马古道，但我很少专门造访外公当年的驻足地，在我内心的深处，一直埋藏着对家族那些最强悍的缠绵，最滚烫的忧伤。

当年，外公在这里遭遇了他藏地马帮生涯中又一次骇人的灾难。那天，他和伙计们像往常一样平静地走在狭窄的澜沧江边。不远了，前面就是歇脚的地方，他的双手似乎已经触摸到了火塘上那四处跳荡的温暖。他和伙计把马赶到江里蹚水过江。到了江心，马便浮了起来，长长的尾巴漂浮在身后的水中尤其显眼，好在这些马都会游泳，它们高高地扬起头颅喷着鼻息，一个个首尾相接很快就凫到了对岸。

不想，才爬上岸边的山坡，刚才还轻描淡写的风忽然间像石头一样滚动起来，二锅头马进祥刚喊了一声：“不好！”泥石流就冲了下来。转眼，走在前面的两匹高头大马风卷残云般呼啦一下就不见了。过了好一会儿，谷底才发出一阵闷响。外公抬眼看了一下头顶，光亮从峡谷缝里挤进来，像银子一样，熠熠闪光。

那是两匹陪伴了他整整十年的伙伴。在漫长的岁月里，他与它们一起穿越瘴疫横行的缅北丛林，一起爬雪山过荒原，一起活着，一起快乐，一起忧伤。

还未等喘息，又是一阵闷响。仿佛约定，所有的人和马都浑身一震，本能地往前蹿去，一时间泥水四溅。刚跑出一百多米，山洪裹着泥石流便山一样地压了下来。

有时候人的生命实在渺小。

他的心忽然湿润起来。自从踏进马帮生涯，他看见了太多的死亡。

站在雪原上，外公选了一块背风的草皮子，从鞍子里取出一卷东西重重地扔在上面，又仔细地铺展开来，那是一床由于经年揉搓已经非常柔软的黑山羊皮。面向西方，他只能向万能的安拉求助。他消瘦而虚弱，古铜色的脸上涂抹着雨过天晴的阳光。他相信所有的艰险、悲伤、屈辱、愤懑、焦虑、挣扎都会过去的，都会在日复一日的礼拜中烟消云散。

第二天，风和日丽，雪山下的茶马古道淹没在玫瑰色的霞光中。他重新套好鞍子跨上马去，马儿在他拉紧缰绳时昂着头颀嘶鸣着在原地转了一个大圈。他抬手拿起横在马背上的步枪对着瓦蓝的天空扣动了扳机。尖锐的声音霎时在峡谷里回荡：“再见了，伙计！”他在心里再次与那两匹长眠于谷底的马儿告别。放下枪来顺手一点，马队便径自沿着澜沧江边一路向北走去。

此后，大雨一直延续，峡谷进入了可怕的雨季。雨水漫过山道冲刷着山两边的岩石，笨重的驮马凄然地站在水中，无奈地望着同样无奈的人们。

一阵冷风吹来，雪花开始飘落在青藏高原上。人和马帮在海拔五千多米的雪山垭口行走，细小得如同蚂蚁。路边，随处可见的生灵们累累的白骨，袒露着灾难的痕迹。漫长的旅途中，无数的骡马倒下便永远也站不起来了，曾经它们的生命是那样的蓬勃。

风扑打着马帮旗子哗哗作响。就要到达拉萨了，马儿加快了脚步。夕阳犹如飞溅的金子，洒在了雅鲁藏布江上，晚归的鸟儿扑棱着翅膀扎进了路边的灌木丛里，马帮又一次穿越滇藏线的茶马古道，来到了世界上最高的宫殿旁。然而，这远远不是终点，更不是归家回乡的路，他们还将凭借着安拉给予的勇气，翻越喜马拉雅山继续前行，直到印度的加尔各答。

冰水自突出的岩石上哗哗地流淌着，高耸的峡谷压迫着我，有一种窒息的感觉。空气中飘荡着一种气息，一种藏在隐秘的时间深处的气息。站在梅里雪山下我一直在想，隐藏在我血液里的究竟是什么？我的眼光不由自主地落在了几块焦黑的岩石上。牦牛依然在眼前从容地漫游着，当年的炊烟却早已远逝。我一动不动地看着岩石上那些深深的蹄印，经历了无数的岁月，它们依然清晰如昨。一只秃鹫大声叫唤着张大翅膀从我头顶滑过，落在了不远处的河谷里，一口一口地吞食着一堆肿胀的内脏，想必那是一只失足的羊子吧。很快地，狭长的河谷里便只剩下那具被啄食过的尸体。

我的胸膛忽然疼痛起来。马帮就在这峡谷里，在永远寂静的雪山深处。

陡峭的冰川和蓝天，我的视线一直在延伸，我又一次看到高耸入云的山脉延伸到很辽远的地方。于是，逝去的时光一下站在了我的眼前，我看见那个马队从黎明中走来了，我身上流淌着他们的血液，我爱他们。

有铜镜般的阳光照在陡峭的小路上。我终于明白，我的心一直就埋藏在这些最深最远的地方。

穿过那片丛林

一

诚实地讲，第一次进清真寺是同母亲一起去参加开斋节，那时，我已经是大学一年级的学生了。

在这之前，清真寺对我来说是遥远的，遥远得如同一种心情，离开和抵达都不太确定。

小时候，同那个时代所有城市里的孩子一样，我生活在一个没有宗教传统的环境里，在学校接受的是无神论教育，因此，我与母亲，甚至是父亲的生活场景都是疏离的，他们很在乎的一些东西，诸如传统的细节、习俗等，在我看来，未必如此。然而，我与他们的生活又是如此的进逼，我爱他们，却又不免由爱生怜：我不得不承认，他们已经远远地落后于时代。爱与怜，是两种完全不一样的情绪，我内心的矛盾由此产生。母亲是什么时候开始悄悄礼拜的，我不得而知，或许已经很多年了，或许刚刚开始。

有一次，母亲不知从哪儿弄来一个硬壳的笔记本，上面写满了阿拉伯文字，母亲说，上面记的是礼拜必诵的经文，让我帮她抄写。我很为难，我并不认识这样的文字，而母亲自己也不认识，真不明白，她为什么还要抄写呢？再说，她干吗不自己抄写，许是她更不方便吧？无论如何，我还是接过了本子。我不敢拿到学校去抄，怕老师和同学看见了没法交代，好在那个年代上学也就那么几节课，放学也基本没多少作业，于是我用了五个晚上，依样画葫芦，从右至左硬是帮母亲抄完了那本神秘的文字。第二个星期，母亲表扬了我，她说，她请人核对过了，我居然一个字也没有抄错，她连连称奇。我心里扬起一阵得意，也有些不解：分明是我模仿能力强呀。从那以后，我注意到，母亲比原来早起了许多，先做完晨礼，再生上炉子为我做早点，然后再坐交通车去上班。每天早上，只要一睁开眼睛，无论光线怎样暗淡，我都能看见母亲在一角礼拜的身影，她是那样的孤独，那样的不合时宜，我内心非常不安：这个妇女，一直任劳任怨地工作，操劳持家，爱人爱己，已经很好了，在革命的世界里，她还想干什么呢？我被她所做的事情吓了一跳。我觉得母亲的信仰离我很远很远。

关于信仰，母亲也是多次对我说起过的，在母亲看来，没有信仰是可怕的、可悲的，她是真的为我着急。那时，我对信仰没有太多的认识和感受，我不能确定自己信还是不信，因此，母亲每一次说起，我都会以作业太多为借口搪塞母亲，有一次我甚至说，您以后不要再对我说这些了。母亲有些愕然地看着我，长久地沉默。我抓起书包跑出门去，心里充满了难言的忧伤。毕竟我的血管里奔流着她的血液，那是一种无法分离的天然认同，命脉归依。我敬爱她。她日复一日不变的姿势使我相信，她所做的一切，完全是由了内心推动着往前走，她的生命也因此而一直呈现着丰饶的状态。

然而，我为什么不安和害怕呢？我永远不会忘记那种针刺般的感觉，疼痛由心脏向着四肢蔓延。其实，疼痛确实可以抵达任何它想去的地方。我的喉咙哽咽起来，眼泪不由自主地流了下来。

我突然看见了我自己。

此刻，当说出这些的时候，疼痛又回到了我的身上，是的，很难用什么词来复述我当时的心情。

但是，我没法不坦诚。

二

开斋节那天，学校给回族学生放一天假。早晨，空气里有露水的味道，天空蓝得发亮，像孔雀宝蓝色的羽毛。我穿过校园那片银杏树往外走，说好了同母亲在顺城街碰头。在校门口碰上了吃早点回来的大刘，他问：“要出去？”我说：“去清真寺过开斋节。”他笑笑，不知该对我说什么。

顺城街是那种典型的老街，窄窄的街道，纵横的巷子，一辆车子开进去很容易就堵塞了交通。木板的铺面，青瓦的屋顶长满了开着小花的细草，人潮涌动，空气里弥漫着清真食品特有的气息。孩子们在街道和巷子里钻来钻去，小贩们的叫卖声，像屋顶上的炊烟，一阵阵地飘来飘去。

明清时期，这条街因顺着昆明的南城墙而建得名。当时乃至现在，这里都是昆明最繁华的街道之一，马帮在这里驻扎，商贾在这里云集，就连旅行家徐霞客到昆明的时候也投宿在这里。

如今，古老的顺城街在一堆庞大的机器面前很容易就彻底瓦解了，拔地而起的高楼彻底取代了它昔日的容颜。在这个崇尚创新的时代，“陈旧”是无地自容的，顺城街的结局是所有老房子的宿命。

我去的清真寺位于顺城街的敦仁巷内，浑厚的老墙上用红纸贴着欢度开斋节的标语，印象最深的一条标语是这样写的：“穆圣说：学习，从摇篮到坟墓！”

巷道两旁早已站满了等待接济的孤寡老人。母亲让我把事先准备好的钱挨个递给老人们。

清真寺的大殿里站满了人，连门外的台阶上也铺着毯子站满了人，就像湖里溢出来的水。刚进去的时候，我有些微的紧张，同时交织着一种接近的渴望，站了一会儿，慢慢地也就松弛和接纳了。

眼前是 1981 年重新修缮过的大殿，门楣牌匾布满了新刷的油漆，只有院子里那些已经磨损的青石板，默默地袒露着时间的痕迹。仔细看了寺里的《重修顺城清真寺碑》得知，该寺创建于明弘宣之世，迄今已有五百多年的历史。

阿訇大约 70 多岁了，留着长长的胡须。他那悠扬的诵经声构成了我对清真寺最初的印象。

节日聚餐的地点在清真寺后面的一间大房子里。远远地，我就看见里面人头攒动，十多张小方桌依次摆开，每桌坐着八个人，由于地小人多，后面还有很多人等待入座，那情形有点像农村盛大的婚礼。我同母亲刚走进去，立即就有人招呼我们，快到这里坐，快到这里坐。一个老太太拉着母亲的手问长问短，说着一些遥远的教门事情。坐在他们中间，有一种淡淡的温暖。

很长时间了，我从未留意过这些，对于我来说，它们犹如厚厚的幕窗偶尔被扎了几个洞，只有在不经意间才会透出几缕光来。

我是不是有罪的？突然冒出来的这个念头让我惊惧不已。

三

父亲是彝族人，在我的经验里，他的族人爱憎分明，粗犷而豪放，总是佩戴着一些式样繁复、魅惑跳荡的银饰，穿着隆重的绣满花朵的服装，年复一年地在篝火边跳着古老的众神之舞。他们对美有着一种惊人的天赋，很喜欢打扮自己。

多少个不眠之夜，闭上眼睛，我总能见到这样的情景：火塘边，一个面色黝黑、戴着硕大项圈的汉子从怀里掏出两块已经磨得闪亮的石头，然后把一小撮搓得棉花般柔软的火绒按在上面一阵猛擦，火绒顿时冒出了一缕青烟，汉子趁势鼓起腮帮一阵猛吹，火苗突地蹿了起来，汉子小心地把火苗捧向架好的干柴茅草，火塘就燃起来了。烤茶在飘荡的火苗中翻滚，具体的日子便一天接一天地延续了下去，这是父亲族人们昔日的生活场景。

因此，我总是一次又一次不断地翻山越岭，走进那些神秘的丛林。山村里的狗就警觉地叫着，厩里的牛怯生生地抬起了头，嘴角上沾满了草。土掌房里一个接一个跑出如熊仔般健壮的孩子，脸一闪，又不见了。有男人在喝酒，弹三弦，有女人在舂碓。

这样的场景很容易使人想到古老、朴实、蛮荒、偏僻这样的词语。我突然有些手足无措，不知道要说些什么，也不知道从何说起。只能说，这是一种周而复始、循环不已的生活，很简单。山上砍来竹子、木头，把土墙舂厚实，炊烟飘起来，娃娃哭起来，五禽六畜叫起来，生活也就开始了。火塘边，浓烟永远缭绕，上面烤着苞谷、洋芋。时间不是富余的问题，而是根本不存在。

我心里忽然涌起一种朴素柔软的东西。抬起头，看见远处来了一群牛，二十来头，清一色的水牛，它们正在缓慢地穿越波浪起伏的山地。还有那个放牛老倌，尽管他的腿上有泥，脸上有炊烟的痕迹，但一只黄狗还是围着他跑来跳去。我看出来了，他是一位王，这片山林的王，只需一个眼神，他的臣民就心领神会。

看见我，他也不打招呼，径自吆喝着它们，转进一片树林，一晃就不见了。

傍晚，随着夜幕降临在篝火边，众多披着羊皮的男人和穿着各色绣花长裙的女人们早已里里外外围了三个大圈。大三弦骤然响起的一刻，强悍而猛烈的舞蹈便开始了。当然，舞蹈在这里不仅仅是用来释放内心和躯体的激情，更是一些最直接、最具体的东西，譬如神灵，真实的风，春种秋收，火塘，牛羊，等等。

本质上讲，我从小就是一个不爱说话、不善表达的人，热闹的场合尤其如此。不可思议的是，每逢盛大的歌舞时刻，我便会热血沸腾不由自主地加入其中，忘情地手舞足蹈起来。毕竟，我的血管里同样流淌着不羁的歌舞血液。

舞蹈的间隙，我请他们中一位四十多岁的汉子唱首歌。这个汉子面黑身悍，也不推辞，喝口茶水就唱了起来。我一下子被镇住了，他是真唱。粗糙的原声中充满了个性和经历，有一种说不出来的美。我听不懂他唱些什么，在我过去的岁月里，从来也没有出现过如此的音乐和语言。直到我走到他们中间，住着他们的房子，吃着他们的食物，我才得以触摸这些属于丛林的音符和句子。

我意识到，这是一种学不来的东西。随着每一个音符的战栗和节拍的陡转，歌手时而伤感，时而激越。有时候，他不断地重复一些旋律，有时候又不规则地停顿下来。我问他，是不是唱他们征服了蛮荒的土地，征服了暴雨，征服了河流，征服了最漂亮的女人？他一听就笑了起来。实际上，他只是即兴唱出他想的事情，目的并不十分清晰，但绝对是把生命和身体完全放了进去。

直到今天，父亲的族人们依然在云南最酷烈的大山里跳着亘古繁复的舞蹈，用最本真的舞蹈言说着他们奔腾的快乐和隐秘的忧伤，而这样的歌舞，他们可以毫无来由地开始，也可以漫无目的地唱跳下去。

四

母亲出生于滇中玉溪，外公是个天生的冒险家，胆大心细，早年一直率领着马帮往返于那时被称作“夷方”的东南亚做生意。靠着这样的冒险和勤奋，外公挣下了家产，也见了不少世面，因此，他出资在家乡办了一所学堂，取名育才学堂，不仅让他的三个儿子到学堂里读书，还让他的三个女儿也到学堂里读书。除了讲授经典，学堂还教授自然科学，设有语文、算术、美术等课程。

姨父也是走夷方中的一员，不过，同外公的马帮相比，姨父只能算是小本经营。姨夫的家乡通海位于滇中腹地，自古就是云南商业发达地区之一，到了近代，在滇越铁路修到开远，还没有修到昆明以前，进出越南河内的货物都是走蒙自、建水、通海，然后再经玉溪或江川到达昆明。姨夫家原本以制造农具、枪支、刀具为业，娶了姨妈之后，他也购了 10 多匹骡马，加入到马帮的行列，将家乡的土布、黄蜡、铁制农具、土造手枪、刀具、银饰、日用百货等驮到泰国的山区出售，又从那里换回象牙、虎骨、熊胆、鹿茸等山货药材，有时也驮回蓝靛、煤油等到昆明销售。在 1949 年年初的一次出行中，他再也没有回来。

那时，他的三个孩子尚小，大表姐六岁，大表哥四岁，小表哥才一岁。从此，他的妻子开始了一生漫长的等待。

艰难的生活使姨妈变得敏感而短视。她会为几个小钱与她的亲弟妹们斤斤计较，她的三个孩子也没有进过一天学校，仅靠自学认识一些汉字。

姨妈在 1970 年的通海大地震中腰部受了重伤，躺在病床上的日子里，终于有姨父的消息辗转传来。原来，那次他们的马帮在密林里遇上了土匪，所有货物被洗劫一空，人也大部分被打死，姨父侥幸逃脱捡了条命逃到泰国清迈，原想找老乡借一些路费回家，可那时的大陆已经解放，边境封锁，姨父终于至死都没能踏上归乡的路。

去年，小表哥的幺孩考上了江西大学，为让不让孩子去读书的问题，夫妻俩颇费了一些思量：家里好不容易办了一个还算红火的轧钢厂，孩子去上大学，不仅赚不到钱，还耽误了赚钱。

几经权衡，他们得出结论，让孩子放弃上大学的机会。他们的决定遭到了孩子前所未有的抗拒：大学一定要上，否则，就离家出走。小表哥夫妇俩惊呆了，从小听话的孩子怎么变成犟牛了？无奈，夫妇俩只得顺了孩子。

如今，孩子上了大学的表哥表嫂并没有感到喜悦和欣慰，反而时常抱怨，别人的孩子忙着赚钱、结婚，自己的孩子却忙着上什么大学，有什么用呢？他俩甚至断言：“不信走着看，外面找工作有那么容易吗？他念完了这个大学还得回到轧钢厂，与其如此，还要走这个弯路干吗？”基于这个观点，他们与孩子的较劲儿还在继续，对此，我能说什么呢？

五

父亲的家族和母亲的家族因了茶马古道上的贸易关系而联姻，他们有着不同的习俗和信仰，这样的日子延续了一辈子。

犹如河流一直在寻找落脚的河床，除了父亲自己，有谁能够说得出眼前与遥远丛林之间的关系？作为从出生起就远离丛林和族人的父亲来说，他的一辈子注定都是孤独的。他长时间地沉默着，沉默得甚至有些怪异。多少个夜晚，他长时间地坐在调暗的灯光下，缓慢地吸着烟，一支吸完，又点上一支。有时，一坐就过了一个晚上。我常常从后面越过他的肩，注视着墙上那一动不动的身影，心里咚咚地跳个不停。我想，父亲一定是嗅到了丛林的味道，想起他一出生就永远失去的那个遥远丛林了。于是，他孤独隐秘的心灵，不可避免地被涌起的思念和忧伤所笼罩、所撕裂。或者说，只有在那些沉默的夜晚，丛林，以及那里的亲人们才会以另一种方式进入他的心灵世界。关于他的族人，他甚至没有我了解得多，父亲到底属于谁，我一直没有想透。转眼，父亲就老了，而我，依然年轻。我看见了一条路的尽头。

多么残酷。

我抚摸着父亲布满斑点的手，然后再摊开自己的掌心，让耀眼的阳光在上面跳跃，我希望把这种贴近的温暖安放到父亲的心里和那有些发凉的肌肤上，尽管我早已习惯了他手上的凉。

除此之外，我不知道怎样去安慰失去了丛林的父亲。在生死离别的最后时刻，父亲显出了出乎预料的平静。我相信，他一定是看到了属于自己的那片丛林，并为即将回归那里而自信。他是个不善表达的人，然而，表达与不表达，有什么不同呢?

我知道，父亲和母亲，他们一直就在同一个地方。

种 花 记

一直生活在昆明，习惯了随处可见的茶花，也有了亲近茶花的福气。其实，心底早已有种茶花的想法，只是想到自己经常辗转的长旅，便犹疑不决，出门在外的日子，家人有足够的耐心和时间照顾它们吗？在我看来，既然选择了，就要给予它们最好的照料和关怀。每每这么一想，种茶花的事便一年又一年地搁置下来。有时内心也会长时间地怅然，一个小而美好的心愿，要付诸行动，何其不易。

随着脸上纹路的日渐清晰，所谓的边缘地位，甚至蓬勃，呼唤，沉默，明朗，激荡，原本看重的很多东西开始变得不是那么重要了。卑微，付出，失落，挣扎，很多事情是我力所不能及的，但我相信，松弛的生活总会有新的可能生长，虽然不是所有的事情自己都能掌控，美好的心情却是自己能够选择的，于是，多年前下不了的决心很容易就下定了，把美如笑靥、富贵大气的茶花搬到家里。

早春的时候，我一口气买了五盆茶花，很传统的几个品种：

恨天高、童子面、朱砂紫袍、狮子头、雪皎。

喜欢童子面粉嫩如孩子光洁的脸颊，相比之下，恨天高的色泽更为热烈奔放，叶片肥厚浓绿，尤其喜欢雪皎那种冰清玉洁的气质，像餐风饮露的精灵，纯粹而洁净。

一心想把花养好，到花鸟市场仔细挑选了五只样子朴拙的花盆，觉得这种稳重的质感与茶花最为相宜，顺便买了腐殖土和腐熟的农家肥。回到家里，先在盆底垫上拌有牛羊角碎片的腐殖土，再铺上一层农家肥，最后才撒上细土，很认真地把花种上，一如分享每天平静的日子。

天天观察，勤于打理，自认为很尽心了，可眼见得春天越来越热闹了，盆中的茶花非但没有生长萌动的迹象，反而有些枯萎。一天早上起来，居然惊见盆边落下了五片发黄的叶子，心里不由得焦急起来。急忙寻来花农老李的电话，快速地按下一串数字，听到话筒里传来“喂”的一声，一颗悬着的心才落了地，暗自庆幸自己保留了老李的电话。

听了我的描述，老李很肯定地说，一定是肥料过剩烧树了，吩咐我马上把花盆整个放在清水里泡两个小时，稀释冲淡过量的肥料，缓解重肥对树苗的伤害，不然，树苗很快就要被烧死了。

搁下老李的电话，连忙取了家中的大塑料洗衣盆，叫来老存一起把沉重的花盆放了进去并放满清水。心中再一次庆幸，这个多年没有用的洗衣盆居然没有被我扔掉，实在是不可思议的事情。

对于物品，我一向喜新厌旧，用不上又碍手碍脚的家什，我从来都是毫不犹豫地扫地出门的。这么一想，不免得意地瞟了老存一眼。

老存说，水都没有泡到盆面，怎么可能稀释肥料，可能不行吧？言下之意，我高兴得太早了。

我一看，确实花盆整整高出洗衣盆许多，只有半截花盆有些无奈地泡在水里。想起老李特别强调过的，泡盆稀释，清水一定要淹没盆面。环顾四周，家里实在没有能够装得下大花盆的容器了，看来，只有换土了。

把五个大花盆里的土全部抬下六楼倒掉，又重新换上新土确实不是一件容易的事。汗流浃背地干了整整一个下午，才把五盆茶花重新种好，仔细浇上水。虽然累得腰酸臂痛，心里却踏实了许多。

一个星期以后，恨天高和童子面原本有些委顿暗淡的叶片开始有了水色，最让人高兴的是，童子面的顶端在不经意间冒出了一对茁壮的茶色小芽，活像鸟儿张开了稚嫩的小嘴，既调皮又可爱。

然而，无论我怎么勤勉地观察，适时浇水松土，挪动花盆，让它们及时享受到最纯正饱满的阳光，其他三株茶花依然无可挽回地枯萎了，心里着实惋惜了好些天。

经过这番折腾，再也不敢大意，于是，到书店买了一摞茶花种植的书，一有空就拿来手上翻翻，不时对照一下自家的茶花。现学现用，一年过去，虽然那本《庭院茶花种植技术》被我翻成了古董，竟也掌握了不少茶花种植的知识和要点，再种几株的想法又不失时机地冒了出来。

这次，我们开车直奔楚雄紫溪山，央求朋友老普替我们找几株朱砂紫袍、大紫袍、雪皎之类传统品种。老普是远近闻名的茶花种植专家，茶花到了他手里，从来没有开不好的。

老普一听我们要找的花就笑了起来，说这太简单了，我家苗圃里就有现成的，拔几棵拿去就是了，我以为你们大老远跑来，一定是要寻什么珍贵品种呢。我当然知道，随着科技的发展，每年都有不少新品问世，如今的茶花品种早已今非昔比，多得让人吃惊，连名称也有些让人匪夷所思，比如有个品种叫“暴徒”，另一种则叫“监护人”，让人实在难以想象，花朵缘何会叫这么古怪的名字呢？老普说，给每一新品种命名的学问大了，取好了，一夜爆红，价值连城也是有可能的。狮子头、金花茶、大玛瑙、柳叶银红都太传统太写实了，让人缺乏想象力，很难叫响。追求效益的最大化是当今社会的普遍现实，就算给花朵取名，也要首先考虑经济效益。听了老普的话，心里不免黯然。老普无奈地叹息了一声说，我也不敢苟同，但个人能力有限，也只好随大流了。

跟着老普来到茶花园，果然见到了各种珍稀品种，除了传统的红色、粉色、白色，居然还有蓝色、橘色、绿色，甚至还有黑色的花朵。老普建议，如今茶花新品种正以每年几十个的速度增长，要种就种点新品，既有观赏价值又有经济价值。

不知怎的，看着各种争奇斗艳的茶花，我依旧喜欢那些传统的老品种，在我看来，只有它们才具有老昆明的味道、老昆明的感觉，才能连接起过去的时光、过去的声音。从它们的身影里，我看到了属于我的语言，属于我的秘境。

小时候，我家住在一个有十多户人家的四合院里，院子中央有一棵很大的山茶，大半年时间都开着密密匝匝的花朵，我的手曾无数次抚摸过那粗壮的树干。茂密的树冠下，是一眼磨得满是绳迹的井。有风的夜晚，飞鸟的灵翼从黑色的夜空掠过，树叶会发出很大的声响。

总喜欢端着母亲煮的红糖大枣糯米稀饭到树下慢慢吃，贫瘠的岁月，满树热烈的茶花给了我艳丽多彩的温暖。

冬天的早晨，迷离的阳光下，隔壁的张家奶奶经常搬一把藤椅出来面对着茶花树烤太阳，有时候烤着烤着眼睛慢慢合拢就睡着了，醒来揉揉眼睛总要故意惊讶地说：哟，茶花仙子来过呢，我都看见了。

微风，细碎的阳光，花朵，老井，老楼梯，几乎每家的墙都有细痕，经常会想起这些场景。很多东西，要表达清楚却并不那么容易。时间的熔炉里，那些缤纷的色泽，那些飘零的花瓣，花骨朵绽放的声音，魔法般深刻影响着我的世界观。

一直记得四合院里那种敞开自己、接纳对方的传统情怀。那时候，无论谁家有好吃的，总是很快就能让每家都尝到。邻里之间，既有肝胆相照，也有磕磕碰碰。现在想来，所谓生活的琐碎和平庸也是相对的，踏踏实实过普通人的日子没有什么不好。

后来，一幢四层楼的砖房取代了原来的四合院，老茶树被施工队当作障碍很快砍掉了，等原先四合院里的我们赶到时，只有齐地的树桩无言地诉说着老树的宿命。

最早有种茶花念头的时候，我正处于生命的低谷时期。日子过得潦草且敷衍，一大堆难以启齿的事情，很长时间莫名地情绪低落，不想工作，也没法写作，百无聊赖，而身边进步的浪潮轰轰烈烈，每个人的思维方式和生活方式都在转型转变，我不可能不受到影响。虽然明白很多东西得靠内心的力量去支撑，却依然觉得紧张和焦虑。于是，每逢龙头街赶街，便常去卖花草植物的摊子上转转，以缓解内心的压力。

在所有的摊子中，茶花无疑是最显眼的。去的次数多了，便与不少摊主熟悉起来。卖茶花的农人姓李，皮肤粗糙，每一街天都叼一只烟斗靠在身后的卷帘门口蹲着，身边趴着一条杂交的小黄狗，地摊前摆着三十多盆茶花，仔细看了一下，约有七八个品种，大部分都打着花苞，仿佛是昭示每盆都至少有一朵开着，花瓣上洒落着晶莹发亮的水珠。

老李家在白邑，那里是盘龙江的源头，龙潭成群，泉眼密布。白龙潭、黄龙潭、兰龙潭、老龙潭、火龙潭，据说有九十九眼之多。龙潭周围，古木参天，附近农家，几乎家家户户都种有茶花，起伏的山丘上，野山茶也不少，老李正是看准这里极为适宜茶花生长，便承包了附近的一座小山建起了自己的茶花植物园。每逢龙头街赶街，便用小货车拉一车来卖，我便是那时向老李学会了不少辨识茶花的知识。

种花的日子有喜有忧，有一年春天，树芽发得不少，就是不往上冒。焦急之中忽然想起老普讲过的一个情节。国际茶花大会在楚雄召开的时候，为了把自己最好的花展示在世人眼前，老普头年秋天就开始了精心的准备。不料这年冬天异常寒冷，有霜期大大超过往年，经验告诉老普，花期肯定要往后推迟了。本来，依靠现在的科技手段，催花也不是什么难事，但老普不忍这么做。在楚雄，每年茶花盛开时节，彝族人都要举行盛大的茶花祭祀节，为茶花祈福、招魂，祈祷枝繁叶茂，花朵昌盛。老普是彝族人，向来把茶花奉为仙子，他要用自己的方式，让茶花如期盛开。从此，老普每天都会来到树下，深情地抚摸着树身，用彝语与它们说话，请求树们与自己共同努力，开出最美丽的花朵为彝族人争光。说来也奇怪，在老普的呢喃细语中，原本铁枯瘦弱的花蕾，竟犹如沐浴了神奇的天露，一天比一天饱满起来，很快便风姿绰约了。

茶花也是有灵性的，想起老普的话，便也试着与茶花交流说话，没想到，鼓励很快有了效果，原本小小的芽眼渐渐丰满起来，铁皮色的枝干也终于有了暖暖的色调，我明白，生长的日子到了。按照书上的观察方法，一看，二摸，三对比。几盆花中，长势最好的是朱砂紫袍，敦厚肥大的叶背上，蜿蜒着粗壮浑厚的叶脉，怎么看都像结实的泥鳅，让人满心生出欢喜。

六月初，几个豌豆大的花蕾冒了出来，再次追肥，花蕾便越发多了起来。成长的力量自内而外，我仿佛听到了来自身体内部的喧哗之声。摘掉三分之二的花骨朵，以减少肥料的消耗，挨片翻看叶子，一个一个摘去偶然出现的介壳虫。

九月刚过，青涩的花苞迅速胀大，一个星期后，两朵粉粉的花苞在清晨的微风里绽开了。相遇的愉悦，从眼底漫向心底，美好而轻盈。

喜欢茶花的雍容和热烈，喜欢那种足够强大的美，不同形状、不同颜色的花朵，在寂静中闪烁。

缤纷弥漫，何须世间所有的繁花呢。美丽，美好，有时候真的无须太多。

许是昆明干爽温暖的气候极为适合茶花的生长，几乎世界上所有的茶花品种都能在这里生长良好。与茶花相伴的日子，是我完整拥抱自己内心的日子，我变得具体而务实，也由此相信，精神的世界，不仅需要坚韧，也需要柔软，人心的辽阔，唯有从一点一滴的生活中升起，才有可能走向通透明晰。面对紧张和焦虑，真正的难度在于如何去适应。有些东西是装不出来的，比如爱，比如真挚，比如付出，自己觉得好，就应该好好去努力。

花朵盛开。

三 日 记

第一日　寻牛

自暴雪覆盖了伊拉草原，家里远在山上的牛群就再也没有了音信。算来已经整整九天了。

香格里拉大规模降雪是从 1 月 19 日开始的，到 24 日，伊拉草原积雪最浅的地方也超过了膝盖。电断了，自来水也断了。断水倒不是太大的难题，到奶子河里背就成了。奶子河离村大约有两公里，虽然村子旁边也有水源，甚至广阔的高原湖泊那帕海也只需二十多分钟就到了，但村人依然乐意去奶子河。奶子河原先叫旺曲河，三百多年前，七世达赖喇嘛洛桑嘉措避祸从理塘大寺来到旺曲河源头隐居。每天，慈悲的洛桑嘉措都要将无数众生奉献的鲜奶酹入清澈的泉水之中，并发下慈愿，愿流淌的泉水化作丰沛的乳汁，普济这里的生灵百姓，生生息息，永不停歇。自此，依拉草原水草丰美，牛羊肥壮。

不用说，村里的自来水自然也是从奶子河里接来的。

今天一早，阿爸就绑上了那副十几年都没有用过的护腿套，连酥油茶都没喝就出门寻牛去了，怎么劝也劝不住。在阿爸的世界里，那群牛从来就是他生命中的一部分。

也许，听七林诺布的话，早些把牛群赶回来就不会这样了。自从妹妹央措卓玛和妹夫随村人进山打柴，家里的牛群就托诺布代为照看了。同别的牧区不一样，依拉草原世世代代都是以木柴为燃料的，以前，附近山上的树很多，放牧时顺便捡一些就足够了，如今，得到四十多公里以外的山里才能砍到轮休林，而要砍够一年的烧柴，得在山里花上半个月的时间。17 日那天，天空一早就飘起了小雪，雪花飘飘忽忽，很快就把青稞架上的干草染得斑斑驳驳。中午，诺布留下牧羊狗扎拉，独自从高山牧场赶回来对阿爸说，昨天夜里他看见天空开雪眼了，这雪恐怕一天两天停不了，说不定还要降暴雪呢。原来，他看见昨晚的天空，繁星犹如松赞林寺里那万千盏绽放的酥油灯，亮得格外辉煌，按照牧人的说法，这就是开雪眼，预示着必有暴风雪。

“是不是把牛群赶回来算了？等暴风雪来了就不好办了。”诺布有些急切地对阿爸说。此刻，阿爸正坐在卡垫上，一手捻着佛珠，一手端着银制的酥油茶碗。阿爸沉吟了一会儿说：“再等等吧，赶回来草料也不够。”见诺布还要说什么，阿爸摆摆手：“要不你也不用去牧场了，反正央措他们这几天也该回来了，他们肯定会顺道去看看的。”诺布便不再说什么，喝了一会儿茶就径直回家去了。

现在看来，阿爸多少是有些大意的。也难怪，十几年来，虽然有过几次险情，但伊拉草原并没有遇到过大的劫难，还算是平平安安过来了。

谁也没有料到今年会有如此的灾难。

两天，三天……

每天，我的目光都在覆盖着冰雪的荒原上进退。雪中受困的他们和它们，是否安好？

阿爸出门寻牛以后，儿子就开始在路边堆雪人。中午，雪人堆得跟他一般高了，儿子回屋取了颜料和帽子，很仔细地给雪人画上眉眼，戴上帽子。想了想，又加了一条围巾。

望着灰蒙蒙的天空，儿子问我：妈妈，明天还会下雪吗？我们家的牛还能回来吗？

第二日　表妹的婚礼

昨天晚上阿妈就问我，要同弟弟扎西永措去白塔煨桑呢，还是跟阿妈去参加表妹白玛的婚礼？我想，煨桑是日常的功课，经常要去的，而结婚是表妹一生中的大事，还是去参加婚礼吧。表妹大喜的日子早在半年前就由松赞林寺的活佛选定了，请柬两个月前也陆续发了出去。

弟弟凌晨五点钟就进来了，到里面的经堂取了几袋桑料又出去了。不一会儿阿妈也进来了，先在经堂里拜了佛，往酥油灯里添了些油，就边诵经边趴在地上擦拭木质的地板。这样，一天的生活在阿妈呢喃的诵经声中开始了。

起来梳洗一番，帮阿妈扫尽院子里的雪，不到八点钟我和阿妈就出了门。空气干而冷，看阿妈戴着帽子和口罩，我也赶紧回屋拿上围巾。

到表妹家的时候，男客们早已齐聚客厅，女人们全都在另一个房间里做藏包子，新娘子也坐在炕上，阿妈倒了一碗水蘸着开始为新娘子理妆打扮，不一会儿，两条好看的辫子就编好了，辫梢还编进了鲜艳的彩绳。

离家的时刻，新娘先对着自己的父母跪拜了三次，在厨房门前跪拜告别的时候，她的眼泪汹涌地流了出来。很快地，她的哥哥就把两只宰好的羊和一只箱子放进了一辆扎着绸花的轿车里。我们则分别坐进了后边的两辆微型车里。

新郎的家在小中甸，距依拉草原三十多公里。婚车几度陷在雪里，一路走走停停。道路两旁，堆得老高的积雪脏得犹如动物的内脏。就在快要看得见小中甸的时候，缓慢行驶的车辆忽然停止了前进，前方发生交通事故，一辆侧翻的大货车横在马路中间挡住了去路，货车上的蔬菜水果撒了一地。

于是，那些受阻的车辆犹如一辆脱轨的列车，静静地趴在了雪地上。

在寒冷中等待也不是个办法，看着一时难以通过，新郎的父亲泽仁提议除了驾驶员，大家都步行走路过去。一行人下了车，冒着纷飞的雪花往前走去。平时，如果从草滩抄小路要近许多，可如今小路的积雪早已高过膝盖，有的地方甚至超过了腰部，沿着公路走成了唯一的选择。

远处，一娃一狗，像两只滚动的雪球。

眼前，表妹好看的藏袍在一片银色的世界里，格外艳丽。

快到新郎家的时候，众多的亲朋好友远远迎了出来，欢乐的笑声和吉祥的话语伴着阵阵喜庆的鞭炮声迎面扑来，犹如滚烫的酥油茶，浓酽而温暖。

表妹的眼泪再次流了下来。

第三日　小牛花顶死了

小牛花顶磕磕绊绊回到家里的时候，已经瘦得皮包骨头，头大，皮皱，黯淡的长毛卷成了一团团肮脏的屎疙瘩，眼睛似睁似闭。阿爸见状赶紧装了一瓶温乎乎的鲜奶把它搂在怀里直往嘴里灌，开始，它的头还能在阿爸的怀里一拱一拱的，已经有些不听使唤的舌头努力活动着，试图吸吮乳汁，可是，渐渐地，它就不动了，黑色的嘴唇糊满了白色的奶沫子，一双半睁着的眼睛转眼变成了一对冷冰冰的玻璃球。

像抱着一个熟睡中的孩子，阿爸轻轻地把它的头放在了地上。

寒冷中，儿子嘤嘤地哭了起来。

小花顶是中午回来的。当时，听见院外有一种窸窸窣窣的声音，似喘息，又不似。阿爸决定出去看看，谁知刚把大门拉开了半边，小花顶的整个身子就跌了进来。显然，它已经完全无法控制自己虚弱的躯体。那种奇怪的声音是它用自己快要僵硬的小身子摩挲家门发出来的。

家里的牛群依然没有消息，这个幼小的生命是如何在强悍的灾难中脱离自己的群体回到家里来的呢？

倏地，一种难以言状的东西弥漫了我的内心。

雪，已经停止了，可天空依然如同暗海。儿子出神地把鼻子贴在窗户上。我的目光透过窗户望去，风，已不再吹拂，水，亦不再流淌。青稞架下，几头牦牛正在大雪覆盖的荒原里顽强地寻觅。

就在小花顶回来的这天，村里也陆陆续续回来了几头牛。这些饿极的牛一见人就本能地贴了过来，一副不管不顾的样子，俨然找到了灾难中的救星。

晚上，同样出去找牛的尼玛来到家里。

阿爸问他情况，他什么话也不说。半晌，搓搓手，说了一句：来碗酥油茶！

阿妈躬身从炉子上倒了一碗酥油茶递过去：菩萨会保佑我们

的。语调充满了响亮的平静。

当阿妈抬起头来的时候，我看见了她胸前的佛珠，那串已经捻得黝黑发亮的珠子，在金色火焰的映照下，晃动着耀眼的光芒。

我走出屋外，眼里有一种湿润的东西，像白天融进眼里的雪。

截至今天，村里已经有 1000 多头牲畜受困失踪，侥幸留在家里的牲畜也大都朝不保夕，草料就要断顿了，每个家庭都显得捉襟见肘。

屋里，阿妈的手依然纺着羊毛，神态安详，一如我熟悉的那样。

过 年

我和丈夫没有“过年”已经好几个年头了。

现在的节日越来越多，越来越模式化，在云南，旅游业遍地开花，我细数了一下，几乎每个月都有节日，什么旅游节、文化节……再加上各种各样的民族节，多得真有些喘不过气来。有一年，我们竟然被邀参加了十多种节日，真是累不堪言。

过年，我们更愿意安安静静地待在家里。

今年有所不同，我们决定往滇西北走，到怒江一个叫达友的傈僳族山村过年去。那次翻越碧洛雪山时的向导肯碰迪的家就在那里，两个多月前他托人捎信邀请我们去。

为了能避开黄金周出行高峰，我们腊月二十五日即从昆明出发。没想到，车过安宁收费站时，竟然还是排起了一公里的长队，所有车子上的人都焦躁地黑着脸，仿佛身体某个部位正经历着难以忍受的疼痛。

快过年了，回家的、出游的，大家都直奔一个目标。

排队、交钱、放行，像等待某种关口。

其实，着急是完全没有必要的。每年，客运高峰犹如潮汐，到时候必会如期抵达，比起那些还在车站翘首以待的人们，应该感到幸福才是，在客运站，在火车站，即使你愿意付出比平时多一些的钱，也未必能得到一小块安置屁股的地方。

汽车好不容易挪出了收费站。我注意到，所有的车辆都载满了人和货物，像即将临盆的孕妇，火急火燎地往产房赶。

到达怒江州府六库的时候，已是晚上十点多钟，只好径直往夜市摊去吃饭。夜市摊就在怒江大桥下面，二三十家食馆食摊通宵营业，各种特色美味应有尽有，是这个小城最能吊人胃口的地方。没想到进去才发现，所有的排档都关门了，只有两三家食馆还在营业，但光顾的人很少，完全没有了往日热气蒸腾、人头攒动的景象。我们选了一家较为清爽的坐下，店里有两个小姑娘在看电视，其中的一个过来给我们倒了两杯茶水。我一直在看她的头发，结实的一条大辫子垂至腰下，少有地黑亮，即使乡村姑娘也不常见的那种。

忍不住羡慕地问她：这么好的头发，有没有什么保养秘方？

她抿抿嘴：用淘米水泡皂角洗发。

你们家的人都是这样洗的吗？

我们寨的人都这样洗。

我们点了青菜干巴炒饭，一直在看电视的那位起身去做，我问倒茶的姑娘：老板不在吗？她又抿抿嘴：老板前几天就回家过年了。

小姑娘话不多，多数时间都在腼腆地笑，不问就不说话。

当晚，住六库。

第二天，我们挤在当地人中买了许多烟花爆竹，还有水果，山里缺少的东西。

在汽车客运站旁，我看到大包大包待运的土特产，它们将和那些被装在笼子里毫不知情的土鸡一起被绑上车顶，赶赴省城的市场。与关在养殖场笼子里的鸡们相比，土鸡见多识广，看着蓝天白云、山川田野，吃着牛屎猪粪、虫子蚂蚁。因此，城里人注定要赶往它们的家园，它们注定要躺上城市的案板。

在爆竹摊前，不期然碰见了州文联的老李。老李手上大包小包提着年货，老远就招呼我们去他家吃饭，不吃不让走，只好随了他去。老李家所有房间的地上都铺满了厚厚的青松毛，绿茸茸的很好看，散发着一种松脂的清香，踩上去一弹一弹的，有点像踩着弹簧。老李说，铺松毛是取来年日子过得轻轻松松、平平安安之意。记得小时候我们家里也铺过，不过比起老李家就铺得少多了，只象征性地铺了一小层，母亲舍不得多花钱。城市不长松毛，山里的农民撸了用竹箩背来卖。现在昆明过年早已不铺松毛了，最时兴的是旅游，过年那几天，满城空巷。这也好，城市人口越来越多，要都铺松毛，恐怕松树离绝迹也就不远了。

老李的老婆很会烧菜，菜的品种不多，就一盆香菇炖鸡，用手搓了几个糊辣子做蘸水，吃得我们满头是汗。老李很满意这种效果，趁势说：不要急着赶，过年嘛，不就是吃吃喝喝。大年初一怒江边有澡堂会，洗个澡再走，说不定是最后一次了，怒江已经开始修梯级电站，大坝拦起，江水漫上来，以后要洗也洗不成了。

怒江澡堂会被当作一种招徕旅游的项目，已经堂而皇之地登上了各种版本的旅游书，我们当然是知道的。六库县城外几公里的怒江边有几眼露天温泉，几百年来，一直是当地百姓泡泡肢体、搓搓汗泥的地方，谓之澡堂会。这几年内地来怒江旅游的人多了起来，竟然把看别人洗澡当作了一道景观，有个搞摄影的人就曾凭着一幅澡堂会的照片捧回了一个国际大奖。

人和时代制造了景观，却毁灭了神性和尊严。

岂不说我觉得看人洗澡完全是不可思议的，就是围绕怒江修不修电站历来也存在着两种截然相反的观点和争论，就想问问老李，当地居民对怒江修电站造成的生态影响怎么看。老李说，百姓有几个懂科学的？再说很多地方连饭都吃不上，穷怕了，还不是上边说修了好，就是好。

怒江的百姓单纯而善良，他们相信政府，相信政府所考虑的一切都是为了他们好。

我又问老李，你怎么看？老李说，不好说了，要我说，怒江什么也不合适搞，就合适给山民发工资，让他们植树造林，让他们养麂子、马鹿、山斑鸠。既解决了生态问题，也给这些人一条出路。

说这话的时候，老李眼里一片茫然。

告别老李一直沿着怒江走，路边不时闪出几间结构简单不声不响的房屋。

不一会儿就看见江边腾起了一片白雾，猜想一定是温泉了。停车，经过几块水田，看清白雾是从几个长方形的水泥池子里飘出来的。几个傈僳族汉子正在空地上竖竿子打木桩，木头的锤子发出一种沉闷的声响。初一至十五，江边每天都有“上刀山，下火海”的表演。这种仪式我在鹿马登乡过阔时节的时候看过一次，当时，正在喝酒唱歌，忽然间人堆中站出一个其貌不扬的男人，光着脚板径直往一架刀子绑成的梯子上爬去，身子灵活得像只猴子，几下就爬到了二三十米高的梯顶。下来后，颇有几分得意地扬了扬完好无损的脚板，随后，又邀约了几个同样光着脚板的人，在场中央那堆燃起的大火里走来跳去。现场除了目瞪口呆的我，其他人照样唱歌跳舞。这种身手无法感知，只能感叹。

继续往前，不时可以看见一棵树冠巨大的木棉花树，光溜溜的树干上燃着火红的花朵，在腊月里显得有些欢天喜地。在一处江边，果然看见竖起了众多脚手架，忙碌的工人正往滩石上打桩。一幅挂于脚手架上的巨大布标表明了建设者们的决心：苦干加巧干，建好怒江水电站。

看来，怒江离自己的手术期真的不远了。

发源于青藏高原唐古拉山南麓的怒江，由雪水溪流汇集成河，藏语称“那曲卡”，流入云南境内则被称为“阿怒日美”。“阿怒”是怒族人的自称，“日美”为江，即怒族人居住的江，简称怒江，又因与澜沧江和金沙江一起在著名的横断山脉的中心地段并驾齐驱，被誉为“三江并流”奇观，早在2003年7月3日，“三江并流”区域就被联合国教科文组织正式批准为世界自然遗产。怒江进入缅甸后称萨尔温江，最后奔腾直入印度洋的安达曼海，是一条著名的国际河流。也许是上天的恩宠，这条大河所经之处，汇聚了众多的民族和动植物资源，同时也是国内目前尚未被人类开发利用的两条河流之一，另一条是雅鲁藏布江。

我不是完全的自然保护主义者，但仍然为它承载了人类太多的欲望而感到不安。

到达福贡县城，汽车就彻底失去了意义，因为我们要去的达友村在碧洛雪山的一座侧峰上。一想到即将爬山，我突然感到了饥饿。

不想往前走，当晚又住了县城。

腊月二十七日这天一早，我们趁着凉爽告别了招待所，绕着山路迂回向上。途中经过一个村庄，一律的木楞房，近前，几只狗最先迎了出来，虚张声势地叫几声，然后远远地跟着。

木楞房里闪出几颗脑袋，好奇地看了几眼，很快又不见了。

穿过村庄，便进入漫山遍野的荞麦地。稍微仔细一点可以看出荞麦有两种，一种白秆，一种红秆，都开着碎碎的花，白秆开红花，红秆开白花。后来我爬到更高的地方往下看，那些花花绿绿的作物就让人感到有些虚幻。

有个穿着花褂的傈僳族男子正拿着弩弓聚精会神地蹲在田埂上，不知是瞄着野兔还是田鼠，见我们过来，大约是怕惊了猎物，很有些不满。

下午三点多钟到达友村。

达友村在碧洛雪山腹部的褶皱里，本身就是山的一部分，村庄的尽头是一层叠着一层的山，它们连接了大地和天空。再往上，有一段杉树林，像是神给雪山戴上的翡翠环，最高的一层冰峰终年云雾缭绕，偶尔会在眼前一闪，村庄下面全是开垦出来的土地，大都用于种植苞谷和荞麦。

村庄两侧都是 4000 米以上的山峰，因而终年气候寒冷，土壤全是羊肝土，耕作层面浅，水热条件不好，速效养分缺乏。粮食种植主要以陡坡锄挖地、半坡牛耕地为主，这种地不薅、不锄、不施肥，种出来的苞谷、荞麦、稗子产量都非常低，一般单产在 150 公斤左右，仅够吃半年，余下的时间靠采集野山药、野百合、野蒜、竹叶菜、达格勒等野菜山货和救济粮充饥。

牛耕是云南山地普遍的耕作方式，但达友村的耕地坡度都在六七十度，牛耕很难施展，只能靠人力挖翻，人们为此付出的艰辛难以想象。

周围的每一座山上都长着一些类似的村庄。

在怒江，要清楚地区分每一座山和每一个村庄不是件容易的事情，因为它们几乎都具有相同的模样，所不一样的仅仅是诸如鹿马登、利沙底、亥碧落等不同的名字。

雪山的最下一层是怒江，也就是我们开始爬山的地方，成片成片种着油菜和豌豆。

三年前达友村发生了一次火灾，那次我们正好要从那里翻越碧洛雪山。肯碰迪是受灾户之一，全家被烧了个精光。现在的房子是火灾后在原地重新盖起来的。依然是原来的模样，两层楼的木楞房，上面住人，下面筑土为墙，用作猪厩，厩门柱子上用铁链子拴着一条灰狗，身上的毛有些鬈成团的小球，脏兮兮的，估计是整天躺在灰地上的结果。这狗见了我们并不出声，只抬起头来警惕地扫了我们几眼，很快又倒头睡在地上。达友每户人家都养狗，奇怪的是这些狗见了生人都不怎么叫唤，这让我不明白这些狗是否真的能看家护院。

外墙后面一字排开养了十四窝土蜜蜂。土蜜蜂是当地一种身子格外纤小的品种，以耐寒抗病著称。糖在傈僳山村是稀罕物，因此这里几乎家家户户都养蜂。蜂桶用锯下来的树干挖空，两头用木片堵住，留几个小孔供蜜蜂出入，把它放在房屋的院墙外面，或挂在树上即可。

在以后的几天，总看见为数不多的蜜蜂从那小孔里进进出出，近些，依然看不见蜂房，只能听见某种细微的嗡嗡声，再近，我不敢，怕被蜂蜇伤。

楼梯下面，堆满了干柴，同所有山村一样，木柴是这里唯一的燃料，村子里不时可见蓑衣或塑料布盖着的一堆堆木柴。

肯碰迪五岁的儿子篾禄和四五个小孩趴在地上玩泥土。这些孩子脸上都有污迹，他们把泥土用水和成团，筑起一圈一圈的墙，捉一些蚂蚁和摇头虫放进去，看它们是愿意翻墙呢，还是愿意围着墙转圈。看见我们，也不说话，抬头看看，又照样玩了起来。

如果没有飞来飞去的苍蝇，下午的阳光真的很静。

过了一阵，大概是这几个孩子泥土玩腻了，又开始在房子之间的空地上跑来跑去。

上了肯碰迪家的楼房，看见过道里挂着几块肉和一些肠子，太阳刚刚晒去表面的水分。他家养了三年的一头大猪几天前杀了，肉大部分已经卖掉，只留下几块腿肉和下水过年吃。村子里有猪的人家大部分都是自养自吃，肯碰迪脑瓜子转得快，想到了不把肉全部吃完，卖一部分换些现金。

同村人一样，肯碰迪家的猪也是放养的，平时跟着牛羊上山吃草，只有快要屠宰的时候晚上偶尔加喂一点苞谷，让它吃完就睡觉，据说这样长膘快。这些猪最显著的特点是腹紧肉铁，行动敏捷，不似厩养的那样大腹便便、懒懒散散。山大林深，难免与野猪交媾，生出一些长着斑马花纹的小猪，当地叫花毛猪，非常好看。

肯碰迪的老婆阿芝是个小巧的傈僳族女子，穿一身平时不常穿的傈僳装，绲边红褂白褶裙，见我们到来，忙起身下楼去捉鸡。杀鸡待客是山里人家最常用、最隆重的接待方式，即便是再穷的家庭，也绝不会吝啬拿出家里最好的东西。野外跑惯的鸡们灵巧得很，很难捉住，阿芝只好往地上撒了一些苞谷，嘴里咕咕地唤着，等鸡来食，再用竹筐罩住。粮食绝对是难以抵挡的诱惑，鸡们很快落入了圈套。不幸被罩住的是一只花公鸡，大概是预知了自己的命运，刚才还神气活现的它，伸长脖子满眼惊慌，乱蹬乱挠拼命叫唤。

花公鸡被递到肯碰迪手上，宰生是大事，妇女轮不上。肯碰迪杀鸡的动作非常老到，鸡头往后一扭，还没看见菜刀往鸡脖子上抹，红红的血就冒了出来。花公鸡挣扎的动作都没来得及做出，头一歪，就死去了，几乎没有太大的痛苦。肯碰迪收拾鸡也非同一般，只在鸡的肚子上挖个小洞，伸进两个指头一钳，不要的内脏就给揪出来了，然后用刀削几根竹针把伤口穿住，再用早就搅拌好的半盆稀泥把鸡连毛糊了个严实，往正在燃烧的火塘里一丢，剩下的事情就是等着吃了。

阿芝在铁三角上放了一口土锅，用来闷米饭。

我还没回过神来，阿芝就端了大半塑料盆温水让我们洗手洗脸，手伸进水里油腻腻的，盆底还摸到几粒菜渣。随便洗涮了一下，觉得自己精神好了许多。

比起三年前，不到四十岁的肯碰迪见老了许多，不仅胡子拉碴的，连腰也有些佝偻了。性格还和以前差不多，不太说话，大多数时候只是腼腆地笑笑。这两年翻越碧洛雪山探险的人越来越多，肯碰迪当当脚夫、向导，家里顺便搞点接待，一年也能有一千多元的现金收入，就全村来说，也算数一数二了。

不一会儿，肯碰迪的儿子篾禄抱着一只小花猪上楼来，捉住两只前脚让小猪站着走路。小猪瞪着一对小眼睛，一边原地挣扎，一边“吱吱”乱叫，小猪只有小狗那么大，可能是才生下来不久。肯碰迪气得大喝一声：我看你今天是要讨打，还不赶紧把它放下！

篾禄手一松，小猪就摔在了楼板上。阿芝叹口气：这孩子没有一刻是闲着的。

约莫过了一个时辰，肯碰迪用根柴棒从火塘里扒出烧得黑乎乎的泥团，边吹边拍。米饭早已焖好放在了火塘边，阿芝又在三脚架上支了一口铁锅，用手扭了一棵青菜煮进去。青菜即使洗过了看上去也还是蔫瘪瘪的，阿芝抱歉地笑笑：知道你们爱吃蔬菜，前几天就下山去买好了。

泥团一扒开，鸡毛和鸡皮纷纷被泥巴粘了下来，白嫩嫩的鸡肉香气扑鼻，尽管对这种吃法不敢恭维，我还是忍不住咽了几下口水。我真的饿了。

吃过饭，亮晃晃的太阳还挂在碧洛雪山顶上。

在村口，我们遇到村主任张存义，他正要挨家挨户督促杀猪的人家腌制腊肉，照他的话说，他要教村民学会精打细算计划着过日子，我们正好随他转转。傍晚的山村无声无息，犹如进入了一片无人之地，如果不是偶尔的几声狗吠，很难相信已经是腊月二十七了。当然这只是我的感受，山村有自己的尺寸，历来都是这样。傈僳族人原来只过“阔时节”，这几年受汉族文化影响，也过“汉人年”，也就是春节了。

张存义说，村里大部分家庭长期杀不起年猪，常年吃不上油、肉。今年，只有六家杀了年猪，尚有八户人家 50 多年都没有杀过年猪，因此，他工作的重中之重，就是劝说杀了猪的村民不要一次性把肉吃完，腌制起来细水长流慢慢吃，如果不计划好，一顿吃了，一年的日子就得苦熬着。再说，有的人家多年也不养猪，专门等到过年的时候去别人家蹭吃，也不公平。

对于他的做法，村民们并不认可，村子里能够杀年猪的每年并没有几家，几千年来祖先留下的规矩，见者有份，吃独食还算是傈僳族人吗？再说，平时的日子过得灰头土脸，养一头猪也并不容易，甚至可以说是极其艰难的，即便咬紧牙关买回了一头小猪，首先要过饲料关。这些山猪大部分日子都是在山里吃青草野果度过的，一生难吃几次粮食，养几年不见长大是常有的事，生病更是无法预料的灾难，既然养大了，每年也就这几天的诱惑，这几天的盼头，不放开吃吃喝喝，活着还有什么意思？

已经连任两届村干部的张存义毕业于州农校，说着从学校里学来的汉话，做着从城里学来的聪明事，脑子自然也跟从前不一样了。张存义平时说得最多的话就是：乡亲们，咱们穷不是穷在资源上，而是穷在观念上，只要观念转变了，一切都好办。张存义的话并没有几个人听得懂，更不知他说的“观念”是何种东西，又要怎样改变。还好，不懂不要紧，张存义不仅嘴上说，他更是身体力行，从教村民种植耐贫瘠的棚瓜，解决村民的蔬菜和猪饲料问题，到过年亲自去杀猪的人家督促腌制腊肉，凡此种种，事无巨细。

只是他的努力收效甚微，为此，他去年差一点连村主任都没有选上。村民说，这家伙一门心思跟着外面转，尽说一些让人听不懂的莫名其妙的话，不看看山里的条件，这大山里长不出粮食，总不会观念一转就长出了粮食吧，有本事咋不多向外面要些扶贫资金，大家也少饿些肚子。连肚子都吃不饱，还腌什么腊肉细水长流？纯属站着说话腰不酸。

世居山里的人脑子简单，只认吹糠见米的事情，怎么也理解不了何谓“观念转一转”。

直到今天，张存义和村里人还在为转变观念的事较着劲儿，看来谁也说服不了谁，这样的较劲还得一直持续下去。

随张存义在村子里转了一圈，天已经完全黑了下来。

回到肯碰迪家，取了烟花爆竹到村外的空地上，由肯碰迪的儿子小篾禄燃放。随着引线不易察觉的响声，峡谷的除夕之夜因了这些华美而盛大的焰火而空前明亮。

全村人都聚集在村中空地上翘首以望。篾禄那双小小的手因为一次又一次的燃放而激动，而颤抖，亮亮的眼睛像两团月光。高原的夜空无遮无拦，绽放的烟花妖冶而缤纷，犹如璀璨的钻石自天挥洒，峡谷里，人们一次又一次，笑得非常响亮。

心中忽然间有些湿，毕竟峡谷里能够开怀的时光是那么的短暂。

第二天，一觉醒来太阳已经老高，天高云淡。起来简单地梳洗了一下，随肯碰迪去虎德忠家吃饭。虎德忠今天宰牛，宴请全村人。

在达友，今年 30 岁的虎德忠算是个有能耐的人。

2000 年的春天对于山村青年虎德忠来说，无疑是个重要的日子。那天，他跟一个收山货的老板来到了怒江州府六库县城。看着热闹繁华的县城，人们穿着干净的衣裳在街上走来走去，不见干活只见闲逛，他呆住了，悲哀地想，老天怎么这样地不公平？这些城里的人凭什么可以不干活照样吃饭？尽管后来他知道，当时的想法幼稚而简单，不过，他确实无比沮丧。城市辉煌而明亮，不像自己的家乡，一直是无边无际的黑暗，即使有亮，也不过像萤火一样。

当他想要一些光明的时候，他的内心无法承担巨大的凄凉。

回到山里，他再也不愿干农活，整天闷闷不乐地睡着，即使醒着的时候也只是愣愣地看着天空出神。父母都吓坏了，以为他中了邪，赶紧请尼帕（巫师）为他整整做了三天的法事，在巫师的击鼓碰铃声中，他突然开了窍：不能再这样过下去了，自己也要到城里去，活出个人样。

山货老板的成功注定要成为这个山村青年的榜样，无可挽回地，他走过了那片象征命运的荞麦地，他要告别村庄的黑暗，告别山地的泥泞。

他背了一袋荞麦面，瞒着父母到福贡县城去找那个收山货的老板，请求他收留自己。老板见他勤快老实，加上他一再请求，就留下他一起收山货，条件是不发工资，只管吃管住，一年管买两套新衣服。他毫不犹豫地答应了。

虎德忠起早贪黑干了一年多，山货老板有些过意不去，开始每月给他发一百元的工资。如果不是那个卖玉石的缅甸老板出现，他的生活也许会像山货老板一样，虽不富裕，但能稳稳当当地过下去。

那天缅甸老板来他们住处吃饭，几杯酒下肚，就大讲起他如何从一个穷光蛋靠挖了一块玉石发达起来的事情。虎德忠听得眼睛都直了，当天睡在床上，满脑子滚的尽是大大小小的玉石，他甚至觉得自己也已经发达起来了，过上了每天不用发愁生计的日子。他的理想很现实，也很简单，就是能够像城里人一样，有时间有心情在街上闲逛。那一晚他兴奋得彻夜难眠。

从虎德忠的爷爷还是孩子的时候算起，这一带就不断有人到缅甸挖玉。一年又一年，到缅甸挖玉石发财的消息，总像是水中的月亮，不断地诱惑着一批又一批的人往那里赶。年年有人发财，有人丧命，玉石却似乎永远也挖不绝，采不尽。照采玉人的话说，这叫各人有各人的财路，能不能发财要看各人的造化。自打见了缅甸玉石老板，虎德忠就认定，这是老天专门给他指的一条路子，不走是傻蛋。

第二天，他向山货老板提出要跟缅甸人去挖玉，山货老板倒也没有阻拦，只叹了一口气对他说：兄弟，混不下去还回我这儿吧。

他虽然一个劲儿地点头，可心里却坚定地认为，他永远不会回来了，他一定会发达的。

踏上缅甸的土地才知道，对于他这样的人来说，发财永远是一件渺茫的事，所有的矿洞都是老板的，自己只能干苦力。那一刻，他的心仿佛被瞬间凝聚成了一个很小的点，不断地往下坠。如果要说有机会，那就是赌玉。赌玉就是花钱买一块毛石，解开如果是上等货就发了，但如果只是一块普通的石头，很可能就此倾家荡产。

虎德忠当然不可能赌玉，他没有钱更没有胆量。

他注定只能是黑暗矿洞中的一名采玉工，每天要在荷枪实弹的监工眼皮底下干十多个小时。他所在的那个矿区，整座大山都已经快要被挖平了，上面站满了像苍蝇一样的人群，各种口音、各种肤色的人们像牛粪堆里的屎壳郎一样，不断挖掘着眼前的泥土。原本是平地的地方不断被新挖出来的土石垒成了一座座小山，原本是山的地方要么被不断地移平，要么布满了可怕的黑洞。

土堆凹处，散布着星星点点的窝棚，不时有青烟冒起。

尤其可怕的是，这里每天都上演着血腥的事件，凶杀、抢劫、争斗、火拼，灾难无时不在，无处不在，生命犹如风中的油灯，随时可能熄灭。

有一天早晨，他刚走出窝棚就看见一棵树桩上赤条条地吊着两个五花大绑的人，原来这两个人试图藏匿一块毛石被监工察觉，被活活打死了示众。他的心怦怦跳着，腿软得像煮熟的面条一样，他狠狠地掐了一把自己的大腿，心里骂一句：窝囊！自己又没偷，有什么好怕的！

再有，这里的雨季也似乎特别地长，有时候一下一两个月，窝棚漏雨已经不算什么了，矿洞倒塌和泥石流才是真正的杀手。

其实，这是他恐惧中产生的错觉，这里的雨季大体和家乡一致。

有一天晚上收工回窝棚，迷迷糊糊才躺下，就被外面的嘈杂声惊醒，还未回过神来，老板已经在火急火燎地催促：快！快！

快！快起来！等他随着慌乱的人群赶到矿洞时，立即被眼前的情形惊呆了：先前还在干活的狭小矿洞不知什么时候竟像是被炮弹击中的窟窿，正汩汩往外冒着浑黄的泥浆，老板气急败坏地指挥人往里面填土，似乎是要阻止仍在汹涌的泥浆。

第二天，他没有再下矿去，他害怕自己也会化为一摊泥浆。

身处黑暗，生和死都是微不足道的事情。不断有工友死去，迪鲁最先死了，接着是李发孔。

他对老板说，他要回家了，他不想在这里丢了命。老板除了骂几句脏话，倒还是给他结算了工钱。

攥着结算的一点工钱，他回到六库，独自干起了收购山货的行当。

我不知道虎德忠带着这种身份的转换能够走多远，因为在我所有关于山村的记忆中，我目睹了太多的人遭遇了注定的失败，用一个不太恰当的比喻，有点像飞蛾扑火，触目惊心，尽管他们是那么顽强地寻找着通往天堂的路。

后来的几天，我们又到他家吃过两次饭。一次吃的是清炖鸡，一次吃的是黄焖兔肉。

提起在矿上那些担惊受怕的日子，虎德忠既不激烈，也不愤然，只淡淡地认为自己的命还好，自己的运气也还好。虽然没有发什么财，总算平平安安地回来了。

日子过得紧凑，他鲜有多余的力气再对什么恨之入骨了。

到虎德忠家的时候，一条大黄牛早已被切成了很多份，除放在大汤锅里煮的外，全村每户人家都能分到一小份。

一个临时用石头砌起来的灶被添足了柴块，跳荡扭动的火焰像神伸出的舌头，不断舔着大铁锅的肚子。

空地上撒了一层青松毛，放着从各家凑起来的碗筷。牛肉、下水被放在一口大铁锅里清炖着。

开吃的时候，我以为会搞一些仪式，这在云南山地是比较常见的，其实什么也没搞，虎德忠招呼一声，大块的牛肉就被捞起放在脸盆里，肉上插几把刀，有红色的血水顺刀流了下来。每桌放一盆，人们也不分主客，全都围成一圈，盘腿坐在松毛上，依次用刀切了肉蘸盐巴辣椒吃。

随后，撒上野葱的汤也每桌端了一盆。汤的颜色青黑青黑的，浮着一层黑色的血沫，很不好看，不过味道却很不一般。

肉吃得差不多时，酒和饮料被端了上来。酒很好喝，是自酿的水酒，从土罐里一碗一碗倒出来。饮料就不好说了，从粗糙的包装和颜色上看，十分可疑。

这种吃法我已经好几年没有遇到过了。六年前在一个佤族山寨吃过一次，那天寨子里祭木鼓，剽倒了一头大水牛，整个寨子里的人也是这么在山上支起锅架起火煮肉吃。所不同的是，脊椎两边最嫩的那两条肉被他们剁碎了加调料凉拌吃，叫吃“剁生”，那次我才知道肉原来也是可以生吃的。

村干部张存义也挤在吃喝的人群里，一碗牛肉汤吃得呼呼直响，见我们就说，不来不行啊，不来不行啊。

寂静的山村，因了这群傈僳族人恣意的吃喝而洋溢着少有的喧闹与温暖。

在肯碰迪家过年的几天，每天都到村旁的庄稼地里走走。不是有什么事，恰恰是因为没有事，山村安静，每天除了张罗着吃饭，再没有什么事情可干。

突然的无所事事让我很不习惯，村外，那片巨大的荞麦地正值盛花期，山风掠过，有如波浪。如果不是那棵珙桐树不期然的出现，我会觉得这里的每一天都和过去的许多个每一天没什么两样。

那棵珙桐就在离村口不远的地方，先前我怎么没有看见呢？

这些年来，我一直在行走，怒江也走了不少次，高黎贡山这种美丽植物的声名早已如雷贯耳，却从没留意过。现在，为了打发过于富余的时光，我仔细地观察起它来。这棵珙桐不算太高，还处于长个子的阶段，叶片圆润厚实，像孩子的手掌一样。在树干一米左右的地方，一道刀砍的斜口已经突起青筋一样的痂口，由一串蚂蚁与大地连在一起。珙桐因了它的花又被称为鸽子树，以前在书上看过它盛放时的图片，两片洁白的大苞片宛如飞鸽的翅膀，棕色的头状花序，有嘴有眼，俨然就是鸽子那小小的脑袋。想想，每当清风吹拂，万花翩跹，那满树的鸽子一定是可以飞起来的。

肯碰迪说，珙桐的花在每年的五月里飞翔。

荞麦地埂上有一种我不知道名字的灌木丛也很好看，枝叶都洋溢着一种简约的灰白，在满眼的绿色之中很是另类，花开五瓣，白颜色，隐隐约约，有一股药香。

还有一种野果，叫夏巴拉，是一种带刺的灌木，果实密密匝匝，像红红的小灯笼挂满了枝丫，熟透了的果实呈深红色，浓艳热烈，摘一把放在嘴里，又水又甜。

如果走得再远一些，还可以看见荞麦地的边缘悄无声息地残留着几面赭石色的土墙，阳光的熏烤和风雨的侵蚀早已改变了它的姿态，尽管已经风烛残年，但依然延续着某种时光。也许它曾经是山村的一部分，参与了那些被阳光熔炼过的故事，只是那些盖过膝头的野草早已湮没了那些交织着脚步的白天和黑夜，它注定要独享荒凉。

村庄的另一头，蔚蓝的天空和羊肝色的土壤之间，生长着两棵高达 20 多米的榧木。阳光下，树冠投下的辽阔阴影，犹如一幅镂空的地图。

第一次知道榧木是从一个做生意的朋友嘴里听说的，那时候，他找榧木都快找疯了。问他有什么用，那家伙说，日本人专用这个做围棋盘，如果能找到，能赚大钱。我对生意一窍不通，自然没把那家伙的话放在心上。后来得知，榧木是一种极为珍贵的稀有树种，也是国家明令禁止砍伐的树种，按照当时的行情，每棵树能卖四五万元。庆幸当时没跟他张罗，不然这会儿肯定跟他蹲在大牢里吃牢饭，知道厉害后我曾对那家伙说过，这一辈子我是绝不会与榧木沾边了。

可不期然间，就像赶赴命定的约会，我终于还是与这种伟岸的植物相遇了。我想，我是有福的。

在雪山深处的这个春天，我站在它的浓荫里，静静地享受着寂寞的快乐，当然还有慢慢流淌的时间。

如果不是那个老人的出现，我打发时间的方式肯定还会像一架不知疲倦的水车，不停地绕着村子转来转去。

与老人相遇，完全是那只好看的黄色小猎狗的引领。

那天，它只是漫不经心地瞟了我一眼，我竟情不自禁地尾随着它而去。小猎狗的主人叫迪安哥，85 岁了，驯养猎狗远近闻名。照他的标准，只有狗群中那些腰长，腿长，嘴尖，尾短，耳朵直立，牙齿锋利，嗅、听、视觉灵敏，体质健壮的小狗才能让他看上眼。选中的小狗长到一岁时，将被他带到村外的平地上跟着老猎犬学习追捕野鸡、猫、兔等小动物，还要练习追击、拦截、围困野兽的本领。按说，怒江流域禁猎已经多年，驯养猎狗已经没有多少实际意义，可迪安哥照样乐此不疲，许是像城里那些热衷于养小鸟小狗的老人一样吧，图个乐趣。近两年，曾有狗贩子慕名来请他去帮着驯狗，都被他毫不客气地轰了回去。

迪安哥除了驯养猎狗，从年轻时候起就痴迷制作弩弓。傈僳族的男子，一般左佩砍刀，右挎弩弓，按传统习俗，有一天回归大地了，他生前所使用的砍刀、弩弓就作为主要随葬品悬挂在墓旁。

迪安哥却有他自己的标准，他从不佩带砍刀，他不屑地说，砍刀算什么，弩弓才能显示男人的力量。他制作的弩弓，大的要用 120 磅以上的力量才能拉满弦，就是一般的弩弓，少了 80 多磅的力量就不要试了。迪安哥看我对弩弓有兴趣，非常高兴，执意要重新做一把小的送给我。他讲着那些光怪陆离的故事制作弩弓的样子，完全像是在古代。做弩弓比想象中麻烦，先要把树削成木板，然后放在火塘上方的篾片上熏干，做弓臂时，还要将木板放在苞谷酒酵母中煮软，以便折成弯形，熏烤的工艺自然也少不得，熏干后用刀子打磨光滑，然后用一种叫“恰沙必”的植物叶摩擦至发亮待用。弩片用坚硬却不失弹性的岩桑木或青岗栗木制成，弩弦以前用野牛筋编成，现在只能用麻线替代了。弩牙和弩机都是用骨头制作的。最后把这些东西组装起来，一把弩弓就算制好了。弩箭用竹子削成，箭尾装有一个小翼，分有毒和无毒，无毒的一般只用来射杀飞鸟和山鼠。迪安哥制作毒箭的药物是一种叫乌头的山中剧毒野生植物，长得像洋芋，非常稀有，很不容易采到，一般采到后往往用树皮和青苔包裹起来，埋在沙地里，这样就可以存储上一两年。使用时取出来削去皮，切碎捣烂掺上烟灰，涂抹在铁制的箭镞上，击中野兽，见血封喉。

迪安哥花五天时间为我制作的弩弓，一直挂在我书房的墙上。

如今，打猎已经成为古代的故事，然而，他那被火塘的烟火熏透的身体和生活却已经注定无法改变，就像盐之于大海，永远也不会分离，只有从制作弩弓的快感中，他才能隐约看到自己的从前和未来。

跳动的金黄色火光照在老人的脸上，使他看上去健康而宁静，他从容地坐在火塘边，顺手抓过一只松球放进火里，于是，同样被烟雾熏老的木板房里便弥漫起了强烈的森林气息。

当然，让我记住那段时间的理由还很多。

比如，我目睹了一只小鸡挣出蛋壳的整个过程。那只小鸡从轻啄蛋壳开始，用了整整 26 个小时才挣出蛋壳，其艰难让人触目惊心。我每天会记得拿食物去喂那只被自己族类抛弃的老猴王，肯碰迪说，它出现在村里的时候，被几只狗追咬得鲜血淋漓，当人们试图接近它的时候，它一点也不反抗，表现得极为感激和顺从，全然没有了昔日的威风。现在，老猴王像个孤寡的流浪汉，东家乞一点，西家讨一餐，整天在村里东游西荡。我还注意过肯碰迪邻居家木门上那把锈迹斑斑的铁锁，那家人不到过年就断了顿，只得投奔县城里的亲戚。

还有，我会搬个草墩长时间地坐在没有围墙的木门前，盯着蜂箱里那些飞进飞出的蜜蜂，任由阳光把我的皮肤晒得黑而发亮。

当我的心灵寂寞得快要生锈的时候，我试图捡些干树枝回来，却被肯碰迪死活制止了。他说，按照傈僳族人过年的习俗，从初一到十三是不能干活的，全家都要休息，否则一年到头都要辛苦得跟牛马一样。

倘若在以前，村里过年除了架设秋千、跳高架供人娱乐，还要举行射米饼的竞赛游戏，用弩弓射中的人，可以得到米饼。初三这天每个家庭还要出三根柴，一块米饼，少量杵酒、肉和饭，燃起火堆祭祀山神，祈求平安丰收。初七这天是女子节，妇女不背水不做饭，傈僳族人相信，女子的魂分七缕、轮回七次。初九则是男子节，男子不出门不干活。整整经过一年时光腌制的山地，过年不仅要歇息，还要用一天接一天热热闹闹的日子来平衡严酷的自然，用一个又一个的神灵来调节人与自然的关系，寻求一条人神都能接受的通道。

但平衡总是相对的，并且总有一天是要被打乱的，虽然春天依然会如期降临，芬芳的气息依然会随风荡漾，但经历了太多荒芜的山村显然已经难以支撑变迁的时光，心灵里那些快乐了千百年的习俗，犹如风雨中的老墙，说倒就倒了，哪怕是一个山寨也必须面对整个世界。

山寨，所有的人，生活和节日，一切都去繁从简。

腊月初八，我们告别肯碰迪一家往回走。

有两个村民提了四只鸡要卖给我们，一再向他们说明路上我们不便携带，可他们坚持要卖，几乎是拽着往我们手里塞。肯碰迪在一旁说，他们需要钱，一年之中除探险者偶尔会买一两只就地杀吃外，这些鸡是卖不掉的，只能养了自己吃。

不再说什么，掏钱全部买下，鸡的出路我也想好了，就放在肯碰迪家，路上我们不可能提几只活鸡的。

两个村民千恩万谢，脸上挂满了谦卑讨好的笑容。心里忽然很不是滋味。

下山走了很远，回头一看，肯碰迪一家站在高坎处逆光的身影，细小得如同钉在天空的几枚钉子。

他们一直在看着我们。

眼里忽然有些热乎乎的。

回到县城，文友张培兴一再挽留，要带我们到城边一家叫“一块碧”的农家乐去吃傈僳族风味饭，只好又在福贡县城住了一晚上。我们也想尽快洗洗澡。

没想到平时没有多少客人的福贡宾馆竟然爆满，问服务员得知，今年过年到怒江旅游的人特别多，福贡接待设施有限，不提前预订很难住上。赶紧赶往下一家，最后才在邮电招待所找到了房间。安顿下来，张培兴带我们坐了电动三轮车径直往城外去。

“一块碧”在路边的一个小山坡上。下了三轮车，见朋友小欧、邓大言已经等在路边。一行人沿着弯弯曲曲的土坎往上走，才到山门口，就有两个盛装的傈僳族少女迎了出来，每人手里捧着一个小竹筒，里面盛着水酒，伴着热辣辣的敬酒歌，我们每人都喝干了竹筒里的酒。没想到才走了几步，又迎出了两个姑娘，手捧竹筒出来敬酒。我们只好又在“一拉休”（干杯）的喝彩声中喝干了竹筒里的酒，至于第三次敬酒，我就不赘述了，反正我们无一幸免。只记得才进山门，我们已经喝得差不多了。

余下的事情我一点也想不起来，只觉得里面灯火通明，人头攒动，刚从寥落的达友村出来，顿觉时空颠倒，加之酒精的作用，脑子一时短了路。不过唯有食物我记得很清楚，簋桌子上摆得满满当当，尽是城市里吃不到的怒江特产，胃口被充分调动起来。

在达友过年的几天，食物的单调使我对眼前的美食来者不拒，席前的台子上，傈僳族姑娘们一直在唱歌跳舞。

直到此刻，舌头才充分感受到了食物的美好。

腊月初九早晨，我们离开福贡县城。

快到六库的时候，远远看见公路边停了一长溜汽车，交通忽然拥堵起来，知道是澡堂会到了，恐一时也难以过去，索性停车下来。前后一公里左右的路边不仅停满了汽车，还夹杂着卖凉粉米线和各种食品的小摊贩，叫卖声此起彼伏，俨然各种食物的大集会。

挤到路边，顺势看过去，尽是一片黑乎乎的后脑勺。从路边的坡地到那几潭冒着氤氲之气的泉眼跟前密密麻麻挤满了人，其中大部分是手持各种长枪短炮照相机拍照的家伙。

我被无法理解的事情包围着，心理上有着难以逾越的距离。正待离开，忽听前面一个持长镜头的男子有些扫兴地说："尽是些大嫂，没有意思。"

他指的当然是正在温泉里洗澡的人。

一瞬间我有些吃惊，想回应他几句，却又无从张口，声带好像没有长在自己的喉咙里似的，怎么也发不出声音。

显然，我在这里属于不入流的，唯有赶快逃离。

离温泉不远的另一片河滩边支起了很多火塘，成群结队的傈僳族人扶老携幼，背着锣锅，带着铺盖，举家来到这里，按照自己的方式洗澡，休息。江边有袅袅的炊烟升起，有铺在地上的蓑衣，安静的羊只。头发蓬乱的小孩在火塘间跑来跑去，眼神欢快、调皮。在一座由塑料布简单围起来的棚子里，阿罗告诉我，他们一家大年初一就来到江边了，每天要等到夜深人静的时候才敢进入温泉舒展舒展身体，白天围观的人太多，不好意思洗。但晚上也有问题，洗澡的人太多，像一锅汤圆，把两潭泉水挤得满满的，很不卫生，但也是没有办法的事。"那些照相的人比公鸡都起得早，苍蝇一样围着温泉，让人受不了。"

从古时候一直延续的生活在今天的某个时刻突然被人制造的后果改变了，这种事情在云南那些古老的部落并不鲜见，我不知道他们是否已经接受了无法选择的命运。虽然他们依然试图巧妙地与世界隔离，却又无法与眼前的现实分离。

“年”就要过去了，这些属于怒江的记忆也许会在未来的岁月里变得模糊而不确定，但有一点是肯定的，现代的釉彩将不断涂抹着这里古老而粗糙的基面，怒江大地注定要被改变。

原本，我也想在怒江边宽衣解带泡泡温泉，像那些土著一样彻彻底底做一次人的，看来是永远不可能了，我注定只能活在所谓文明包裹的壳里。

我与娜咪

其实，我很早就到过澜沧，只是那次是专程到糯福教堂去看望一位基督的女儿。一个在教堂里度过了一辈子的拉祜族老人，无疑是世界上最老的人。

那是一个炎热的下午，同去的除了老存，还有朋友张海珍和陶明。

穿过糯福无限绽放的森林，我们来到了一座小山包上。教堂前面的路被挡住了，我们只好绕过去。

教堂是那种澜沧随处可见的干栏式建筑，给人一种家的温暖。据说 100 年前的教堂无比雄伟壮丽，以至于当地的官府、土司衙门都黯然失色。如今，教堂的富丽已被时光触摸得铅华褪尽，穷自返本，木头呈现着一种幸福的、心甘情愿的黯淡色彩。

在教堂门口，我看见一位拉祜族老人，碎花的头巾裹着一张安详的脸，同样是碎花的衣裙在随风拂动，宛若飞舞的蝴蝶。

她已经很老了，老得满脸沟壑纵横，老得犹如秋树上的枯叶，随时都会随风飘零，一双仁慈的眼睛却依然熠熠闪光。她静静地坐在教堂的木门槛上，身影完全被身后的教堂笼罩住了。

这一定是娜咪了。只有她才会有这样的柔和安静，这样的慈爱温馨。事实上她早已同过去的全部历史失去了联系，剩下的只有上帝的光明和灿烂。

教堂里没有电视，没有电话，完全与世隔绝。教堂永远只有娜咪一个人，除了礼拜日。于是，娜咪就接纳了许多鸟在教堂的屋檐下筑巢，繁衍生息。

看见娜咪的那一刻，我那颗原本焦躁不安的心竟仿佛甘泉洗过一般，充满了柔软与安详。这是一种多么奇异的感觉。我知道，从此我将被这种柔软和安详所牵引。我决意要留在教堂和娜咪过夜。

那晚没有星星，夜的静谧溢了出来，漆黑的树林深不可测。整座教堂的调子是阴沉的，使人畏惧。只有娜咪的房间弥漫着温暖的灯光，这使我感到柔和而亲切。我的身体整个松弛下来。我突然意识到，我之所以执意留在教堂，只因为娜咪的存在。我原来是一直尾随着娜咪带来的安详啊。

娜咪告诉我，永伟里牧师给她治好了打摆子（疟疾）。“那时，我还是一个六岁的小姑娘。不过，我已经病得不会说话了，我感觉自己被裹在一团热雾之中，地上仿佛有一个大洞，滚锅般的热浪从里面涌了出来，很多手伸出来想要抓我，像一只老虎张着巨大无比的口向我扑来，我吓得尖叫起来……后来，我似乎就飘浮起来，坐在半空中看着自己痉挛的躯体和哭泣的母亲，摩巴对母亲说，我的魂已经被勾走，母亲号啕大哭。我的灵魂试着抚摸了一下母亲的肩膀，但母亲全然没有察觉，她依然悲伤不已。我非常想安慰一下母亲，却无能为力。这时，牧师来了。他穿着亮丽的长袍，高贵而俊美。他给我嘴里灌进了一种白色的药片。我无法感觉过了多长时间，只觉得一些非常微细的光束从我的身上散发开来，像无云的蓝天一样净朗，我试着慢慢睁开了眼睛，看到高鼻梁、蓝眼睛的永伟里牧师正仁慈地注视着我，我的目光掠过他安详的面庞，停在了他的胸前，一只金黄色的十字架正晃动不息。妈妈惊讶得张大了嘴，她以为我已经死了。牧师有一只小箱子，里面装满了各种洋药，他告诉我，这些都是上帝的恩赐。”

当娜咪从疟疾的死亡边缘爬出来时，上帝无与伦比的光芒已经为她照亮了一生的道路。从进入了教堂的那一天起，她决意要用自己的一生去追随这种光明。

事实确实如此，在她从放牛场上开始的一生中，苦难始终像茅草房上的青苔一样难以剥离，死神一次又一次降临在她的周围，卷走了她亲爱的丈夫和十个孩子中的九个。好几次，死亡的魔爪甚至已经伸向了她，但只要她抬起头来面对庄严的教堂时，一种信仰的力量总会支撑着她度过那些极其艰难的时光。

80 多年过去了，她经常抚摸教堂陈旧的板壁。那些木头快要有一百年的历史了，时光在上面由亮变暗，多少悲欢离合灰飞烟灭，教堂里早已没有了美国牧师，只有她依然平静地活在信仰里，当早晨的阳光照在她柔和的脸上，我确信，她早已从心灵的黑暗里走了出来。

那段时间，我的一切关于澜沧的记忆都和她有关，我所记住的，与其说是细节，倒不如说是一种氛围，一种深广宁静、单纯朴素、清明圆净、纯净灿烂的氛围。没有文字可以描述，没有例子可以指出。

有很长一段时间，我的心整个沉浸在这种浓浓的氛围之中。那时，我对澜沧的印象，就是娜咪那个小小的房间。那个房间是教堂的一部分，一进大厅右侧的那扇门便是。墙角有一个小火塘，火塘上的茶壶整日烧着开水。我睡在她的床上，她就坐在床边的木凳上，那只木凳不知道已经存在了多少年代，四周的棱角早已磨成圆形，露出了美丽的木质花纹，木头的香味随风荡漾。

当我睁开眼睛看她的时候，她总会拉起我的手，温柔地抚摸着。一瞬间，我的心温暖地膨胀起来。这种温暖源自娜咪安详的气质。

我永远不会忘记她坐在那儿的样子，午后灿烂的阳光，就从她背后的窗子洒了进来。

这次再到糯福，我没有去教堂。娜咪在三个月前去了，我非常难过，但不是悲伤。生命之光犹如闪电，她将会消失，这是注定的。在我看来，这个心地善良得令人悲伤的拉祜族女子，依然活在伟大的信仰里。我们之间，并不需要刻意，灵魂在光的隧道里彼此交付，将是无始无终。

噢，信仰！我不期然说出这个词。多少个喧嚣渺茫的日子，我想起信仰，一点一点忆起她伫立在暮色里，在无言的宁静中注视着我的眼神，笑容，白发，额头及下巴。

记得老母牛的榜样，
它安于睡在谷仓里。
你总得吃、睡、拉……
这些是不可避免的事，
此外……

令人愉悦的声音发自她仁慈的双唇，我感觉非常舒服。我还想起融入她血液中的苦难、微笑、美丽、爱，她一生默诵的东西。“我知道每个人来到世间都有他要完成和学习的东西，譬如分享更多的爱，彼此更加慈爱，发现人生最宝贵的是人与人的关系与爱，而不是物质。”无疑，对于我和她，已经足够。

黑色、纺织及其他

在那个阳光即将消失的黄昏，她照例坐在了织机旁。

绷紧的经线像密密匝匝的渴望，在她发育得很好的身体里发芽绽放。她用的是最简单的那种织机，只需将几根木杆插于地上，再装上用黄牛皮制成的腰机带、梭板，一台简单的织机就组装起来了。织布时，梭子随着她灵巧的双手推上推下，发出一种不易察觉的声响，轻柔却直撞人的胸膛。

此刻的山寨安安静静，有着水一样的风，也有着水一样华贵的月色。

在云南那些偏远的山寨，这不过是最为常见的景象。

这种纺织持续好长时间了，她要用黑色的麻线为自己编织一套黑色的嫁裳。

应当承认，黑色曾经是云南山地最为高贵的颜色，那是阳光和大地最为华贵和慷慨的馈赠，并和某个神灵有关。土著为自己拥有永远洗不白的黑色肌肤而自豪，生的时候穿黑色的衣服，死了躺进黑色的坟墓，灵魂也总是在黑色的夜晚，乘着黑色的翅膀回到家里。

所有这一切，都和黑色有关。

张良那些天总是有些恍惚。

有一次，我们正坐在路边的一个小饭馆里，我问他吃什么菜，他突然望着外面的天空没头没脑地冒出一句：啊！云南有着世界上最为丰富的色彩！把候在一边等我们点菜的店小二吓了一跳。那时，我俩正在东川红土地拍照片，这里以色彩斑斓著称，四季都是摄影爱好者的云集之地。张良是北京的摄影发烧友，我尽地主之谊，把他领到这里。

张良不是土著，他永远不会也不懂得欣赏黑色。

在云南山地，集市上随处可见那些一排排站着卖东西的妇女，人人腰上挂一团麻或棉，个个手中纺着线。平时不论在哪里，做什么，只要双手闲着就纺线，一坐下来就开始挑花刺绣，她们所心仪的，便是为自己制作一套美丽的衣装。

我几乎注意过所有山地妇女的纺织和刺绣。

那粗糙厚实的黑土布，那磨得穷自返本的木梭子，以及那一双双沾花点叶的女性之手，无一不是那种经过时光磨砺和淘洗的颜色。

一位苗族女子告诉我，她们织布常用一种叫树子麻的野麻，每年春三月剥取麻皮，另外一种叫沙麻，也是比较常用的，9月份的时候剥麻皮。无论哪种，都要将其撕成细条，放于铁锅中，用灶灰水煮三小时以上，接着用清水漂洗，即成白色麻丝，再用纺锤或纺车纺成麻线。

从纺线织布到制成一套结婚的衣服，一般需要 150 个工，也就是将近半年的时间，即使是日常便装也要 60 到 80 个工，一条蜡染的裙子，光点腊这道工序就要 5 至 7 天时间。纺织并不是她们唯一的活计，因而只能在农闲、劳动之余或饭后夜深人静时进行。一般的女子一年才能制出一套服装，拖累大的女子一年还制不出一套服装，纺织使她们的生活失去了任何诗意。

最近一次看到纺织和刺绣是在陆良彩色沙林公园门口。十多位老妇坐在那里专心致志地埋头做手工，这些老人大都七八十岁了，最大的一位已经九十二岁，一律地缠足裹脚，正宗的三寸金莲。

这是一个春天的早晨，这里发生的故事，距离山村很远很远。

她们的身旁，放着篾制的背箩、篾制的针线盒、木制的纺车，连缝制的棉线也是手工纺织的。摊在地上的簸箕里，放着她们制作的各种绣花鞋，小的仅有拇指大小，用来做匙扣和手机的装饰，也有很实用很耐穿的那种，各种码子一应俱全，黑底红花配以绿色的叶子，对比强烈，色彩丰富。拿起一双在阳光下仔细观看，针脚明显地参差不齐。再看看她们，那枚小小的衣针捏在枯槁的手里，已经力不从心，甚至微微颤抖，那种苍老的笨拙和黯淡不禁使人哑然。

或许是她们的作品太不合时宜，又或许是手工不够缜密，总之，并没有多少人购买她们的成果。她们说，有时候几天也难卖出去一双。她们何以还那么耐心地做下去？其中的一位叹了一口气说：不做不行呀，衣食、治病、养老全靠这十个手指。

原来，这几位都是孤寡老人，在城里人看来是艺术的行为，对她们来说却是不得已而为之的谋生手段。

一位叫何李氏的老人反复对一个讨价还价的买主说，做一双绣花鞋通常要耗去她们几天甚至十几天的时间，不容易。也是，想想她们，从少女时代起日复一日低头纺织刺绣的情状，伤感再次抵达我的心脏。

今天，云南几乎所有的旅游景点都有很多人穿着民族服装招徕生意，出售各种民族服饰的摊点更是鳞次栉比，加工和出售民族服装已经成为各旅游景区百姓收入的主要来源。有趣的是，卖服装的人穿民族服装只是为了招徕生意，买服装的人则是为了纪念和收藏。就是说，这些服装既远离了其最基本的功能，也与世俗的价值观念相去甚远，彻底沦为一种与鲜活生命没有任何关系的博物馆化和旅游市场化的死文化。

去年在墨江召开的哈尼族国际学术研讨会上，我见过一件做工精美的哈尼族女装，手工纺织的黑色土布上，各种繁复的刺绣图案和颜色令人眼花缭乱。那位面容姣好的哈尼族女子告诉我，她花两个月的时间绣制这件衣服，完全是为了参展。会后，这件服装被一外籍人士以 5000 元人民币购得收藏。

在城市，纺织和刺绣原始的生命本色早已消失殆尽。

前不久，我和女儿到大理，在著名的洋人街，我们刚要在一个卖手工绣花鞋的摊点旁驻足，即被几个身着民族服装的女子拦住，称摊子上的都是大路货，要看就看好东西，才不枉来大理一次，不买也没有关系，不过，相信你们去了绝不会后悔的。这几个女子反反复复地劝说我们，并一再保证货色绝对好。经不住蛊惑，我们不由得跟上了她们。在挂满各种民族服饰的花花绿绿的巷子里转了一阵，终于来到一座陈旧的院落前，院子的过道又黑又小，仅容得一人进出。一位女子指着一架狭小的楼梯让我们上去，可能是为了让我们打消顾虑，她又说，只是看看嘛，怕什么，前几天著名舞蹈家杨丽萍还来为自己买了一批。我们一听，顿时心生疑惑：杨丽萍都搬出来了，没准是个陷阱，已经移动的脚步也就赶紧停了下来。她们急忙拽住我们说：已经到跟前了，你们上去一看就知道，绝对没有骗你们！见几个女子说得诚诚恳恳，我们也就将信将疑地上去了。

楼上一共两间屋子，外面一间光线较好，墙角堆满了各种花式的绣花鞋，墙上则挂满了大大小小的绣片，不过仔细一看，都是外面摊子上有的，不免心中失望。几位女子看在眼里，赶紧拉亮里间的电灯说，一看就知道你们是识货的，进来看，进来看！

进到里间，我不由得一阵恍惚，不得不承认眼前的每一件绣品都堪称精品。女儿一眼看中一件以黑粗布做底的盘绣挂件，一尺见方大小的绣品，店主开价 200 元。在女儿和店主讨价还价的时候，我注意到这些美轮美奂的绣品大都以黑色棉布做底，便想问个究竟，店主白了我一眼：好看嘛！

显然，这个年轻的店主也许并不知道黑色与云南山地土著们水乳交融的关系，更不知道所谓的土布都经过了这样的过程：男人种下了棉花，女人亲手纺织成线，用自制的木织机织成布匹，再用一种名叫靛蓝的植物把布匹染成黑色。在染黑的过程中，还有一道特殊的工序，要在煮好的靛蓝中加入一种用松树烧制成的黑色粉末，才能最后形成黑色。

眼前的粗棉布当然是工业化的产物，黑色也是用化学染料经现代工艺染成的，与传统意义上的土布无关。

染制土布的古老工艺和最后形成黑色的特殊工序，是一个叫白拉波的老哈尼悄悄告诉我的。

老罗是个画家，专程从上海来云南，央求我务必要帮他打听一下云南少数民族染制黑布的原始方法，如果有可能，最好能亲自去看一看。见他急切的样子，我不禁觉得好笑，问他打听这个干什么，莫不是又要搞行为艺术？曾经很长一段时间，老罗张口闭口必谈行为艺术，常常讲得眼睛放光唾沫横飞，大有弃画转向之势，惹得云南艺术学院一群大学生直往他住处钻。那时候，行为艺术刚刚兴起，他经常来云南写生。后来不知为什么，他再来的时候却绝口不再提行为艺术的事，更没见他搞起来。

老罗一听我提行为艺术的事，就连连摆手：不要乱说！不要乱说！我这回要搞的绝对是一项伟大的事业！老罗故意夸张地挤挤眼睛，继而神秘地告诉我，他正在搞一项发明，是染头发的。一说到染头发，老罗那双有些浮肿的眼睛顿时亮了起来：你也知道，现在市场上的染发剂都是化学物品，是有毒的，染多了还会致癌，多可怕！要是找到一种生态的方法，你想想，对人类将会是多大的贡献，不说获诺贝尔奖，起码咱们的至爱亲朋用上是没有问题的！

我这才注意到，不到60岁的老罗整个脑袋都白花花的一片，像是撒满了亮晃晃的银针。见我盯着他的头看，老罗摸摸脑袋感叹道：这个世道太可怕了，什么东西都是污染的、有毒的，一不留神说不定就接触了有害物质，直接毒死了倒好，一了百了，只怕落个慢性中毒，活着受罪，就太可怕了！

见我又要调侃他，老罗有些自我解嘲地笑笑：最起码我能把自己的头发先染一染嘛。

老罗的担忧固然有些神经过敏，发明染发剂的想法也着实可笑，不过，这种古老的技艺确实快要绝迹了。

掌握着这种染布技术的白拉波住在一个叫大哆勒的哈尼族

山村，距昆明300多公里。如果在内地，这点路程算不了什么，但要到这个哈尼山村却不是轻而易举的事情。我和老罗早上九点钟从昆明出发，仅用了三个小时就跑到了高速公路的尽头，路程已经过去了大半。拐进一条碎石铺成的岔路又走了大约一个小时，前面出现了一个叫“好又来”的小饭店，我们决定在那里吃过午饭再走，顺便可以打听一下去大哆勒的路。把车停在路边，才发现这里满眼都是红壤，红壤之上稀稀落落地长着一些碗口粗的松树，刚才被我们的车轮碾轧起的滚滚沙尘还没有散去，空气中到处弥漫着呛人的气息。正迟疑这前不挨村后不着店的地方，怎么会凭空冒出个饭店，店主已经笑眯眯地跑出来招呼我们了。

这是一个精干的中年妇女，边把我们往店里让，边招呼小工赶快给我们冲水沏茶，又以极快的速度亲自给我们端上了一盘生葵花子，然后搬个凳子在我们身边坐了下来。老罗刚一坐定就嚷着：点菜，点菜！店主不紧不慢地说：不急，不急。见我们几口茶水下肚，嗑起了瓜子，才又慢吞吞地叫我们点菜，老罗指指我说：让她点，熟悉些。店主又冲我一笑：妹子，不熟悉没有关系，我给你推荐，包你们吃得满意。我让她把菜单拿来看一看，她快速地扫了一眼门口，然后压低嗓音说：没有菜单，我们这里都是看菜点的，要吃什么到厨房里看。跟她来到厨房，门口的架子上摆着白菜、小瓜、洋芋等几种蔬菜，全都失去了水分，一副蔫头蔫脑的样子，一个塑料盆里放着半盆已经切成碎块的鸡肉，颜色暗得有些可怕，看着这些东西，食欲顿时萎缩了一半。就在我刚要转身的时候，这妇女连忙拽住我：妹子，别走，这些东西你们当然是不会吃的，好东西在里面，说着指着放在暗处的一个冰柜，快步走过去揭开了盖子。随着她手电光的照射，我依稀看见里面有一些血肉模糊、形状不一的东西，不等我问，她就如数家珍介绍起来，原来里面装的全是穿山甲、果子狸、麂子、蟒蛇等野生动物！不吃，不吃！不等她说完，我赶紧跳了出来，拉上老罗就走，把老罗搞得莫名其妙。

出了饭店，路越来越难走，原来铺着碎石的路面渐渐变成了土路，上面布满了深深浅浅的车辙痕迹。车子走在上面，除了喇叭，周身都在乱响。路上我俩谁也没说话，又走了个把小时，终于看见了一个小镇，看看汽车的里程表，两个小时的时间竟然只走了不到 30 公里！

小镇叫甸尾，我们在一个汉子开的小卖铺里买了两碗方便面吃下去，又向店主打听去大哆勒还有多远。店主有些吃惊地看着我们说：远倒不是太远，就在这座山的后面，大约还有 50 多公里，只是你们这种小车根本过不去。老罗一听就急了起来，连忙问：兄弟，那要怎么才过得去？那汉子说，办法只有两个：一个是今天晚上就住这里，明天一早有一趟班车发过去，你们坐车去，另一个办法是如果你们等不得，今天非要去，就只有租一辆拖拉机去了，不过劝你们最好还是明天再去吧，天不早了，路不好走，凶险得很，万一拖拉机颠出个故障，也不好说。老罗一看表就笑了起来：兄弟，四点钟还不到，你怎么就说天不早了，我们有事情，就拜托你赶紧给我们租一辆拖拉机吧！那汉子有些不快：说了你们也不信！老罗过去拍拍汉子的肩膀，一副胸有成竹的样子：去吧去吧，不要紧的！

趁汉子帮我们找拖拉机的时候，我问他妻子：知不知道前面的好又来饭店出售野生动物的事？这位言语不多的妇女吞吞吐吐地表示知道，我又问：都是些什么人去吃呢？这妇女顿了一下才说：吃的人多了，有时候还要提前预订。什么人能有这么大的胆子呢？这……这妇女迟疑了一下，意味深长地看着我说：你也不想一想，当然是有人敢吃她才敢卖。见我还要问什么，她连忙摆摆手：不要问了，不要问了，我什么也不知道。

不一会儿，汉子就帮我们找来了一辆手扶拖拉机，开口要价 150 元。我问能不能少一点，才 50 多公里路嘛。这位壮实得像草墩一样的司机连连摆手：不能少，不能少。妹子，你不知道路有多难走，要不是杨大说你们有事一定要去，我还真不愿意去呢，去了今天肯定是回不来了，明天回来还得耽误半天的时间。老罗是个急性子，连忙说：算了算了，150 元就 150 元，不要说了，赶紧走。

拖拉机出了小镇就开始喘着粗气爬山。这还不是最可怕的，最多是人坐在上面得忍受着刺鼻的浓烟和震耳欲聋的响声，还有颠簸带来的麻痛。可怕的是下坡，尤其是山阴面的下坡，土壤潮湿胶黏不说，遇上狭窄的急弯，拖拉机像公园里的过山车，忽而滑向左，忽而滑向右，直往下蹿。我们像两颗失重的洋芋，被急速地从一个车帮甩向另一个车帮。我们吓得拼命抱住挂车篷的支杆，借此稍微稳住一下身体。下车后才发现，我右手无名指的指甲盖整整被掀掉了半个！鲜红的嫩肉带来一阵钻心的剧痛，我连话都不想说了。老罗的手肘也被蹭掉了一块皮，他也不说话，只是默默地看着我，看得出，他有些后悔，不该急急地赶来。

那位拖拉机手见我俩呆呆的样子，笑笑说：不要怕，不要怕，主要是你们不习惯，我们经常坐，只要抓牢车帮就没有事了。

要看手工蓝靛染布的工艺并没有想象中复杂，只是白拉波怎么也想不明白，我们大老远跑去竟是要看他多年前就已经停止的蓝靛染布。他连连摇头：你们城里人也真是怪，哪样没有偏要找哪样，如今谁还兴穿这个嘛！

不解归不解，第二天，老哈尼白拉波还是带我们上山去找蓝靛。原先我们还担心这种植物难找，没想到走出不远就发现了许多。蓝靛实际是一种灌木，两指宽的叶子，细细的枝头开满了白色的小花，极普通的样子，分布也极广。白拉波说，蓝靛生长粗放，适应性极强，不仅山里有，以前田间地头也不少。

真不知各民族的先民们竟是凭了怎样的智慧，居然在万绿丛中发掘出这不起眼的植物。

回到家里，在白拉波的指导下，我们把采来的蓝靛放在石碓里舂碎，然后用纱布沥出汁水，兑进一些烧成黑色的松树粉末，一齐放进一口大锅里反复搅拌，并把带去的一块机织白棉布也放了进去，其间看见白拉波往里倒进了一些白色的粉末，一问才知是食盐。白拉波说，要染得好，最好是用石榴皮，不过这个季节没有，只好用盐代替了。

白色的烟雾在翻滚升腾，古老的技艺在现代社会里得到了暂时的复活。

看到亲手染出来的黑布，老罗更加走火入魔，竟然提出找一只白毛的山羊来染一染，理由是羊毛和人的头发类似，都是毛。这一次，不仅我觉得荒唐，连白拉波也不愿意再跟着他瞎折腾，粗声大气地丢下一句话：吃饱了撑的！便抱着水烟袋蹲一边去了。

今天，在云南那些最遥远的角落，即使纺织和刺绣依然在进行，但不可避免地，很多人还是彻底脱下自己有着繁复花纹的民族服装而改穿汉服。那些昭示山川日月，叙说他们祖先历史的刺绣图案正一点一点地从大地上消失，你只能从他们依然黝黑的皮肤、依稀保留的语言或蹩脚的普通话中猛然觉察到他们属于丛林中某个古老的民族。强势文化彻底颠覆了他们的审美取向，祖辈们千百年来从生产生活中荟萃的服装精华在他们眼里已经不再具备传统意义上的美感，在云南的阳光和丛林里，他们涌起了前所未有的自卑和迷乱。

这与强势文化的导向有关。

我想起了在怒江的一次可怕的经历，在某一个村庄，我多次看到一些面孔酷似的模样，一律的大头颅、小眼睛，雷同的长相，仅仅是所穿的衣服不一样！乍一看，真吓出一身冷汗。

从生物学的角度来说，这是近亲通婚的恶果。

我真不敢想象，在将来的某一天，所有民族都穿着相同的服装，操着相同的语言，那将会是怎样的情状！

如此一想，我不禁又惊出了一身冷汗。

不过，土著们肯定没有想到，就在他们完全抛弃土布衣服，改穿批量化生产的服装时，“土”却又成了城市的时尚。

我的朋友诗人寒泉现在就是一个喜欢穿土布衣服的人。

寒泉是彝族人，二十多年前从山村考到城市的学校读书。临行前，死活闹着要母亲在那几条大裆裤的腰部分别都缝上皮带扣，针脚也要模仿机器扎的，原因是寒泉觉得自己的一身行头太土了，到了学校简直无地自容，缝上几个皮带扣，多少也沾点城市气息。那时候的寒泉，身穿母亲自织自制的对襟黑土布衣服，脚穿麻线纳底布鞋，宽腿大裆裤上拦腰扎着一条布带子。

光阴荏苒，山村子弟寒泉如今已经成了小有名气的诗人，他有一次回老家竟央求母亲给他做身小时候穿过的土布衣服，母亲惊讶得张大了嘴：你不再怕别人笑话了吗？诗人开导母亲：娘，这您就不懂了，这就是时尚！

母亲当然不懂什么叫时尚，只晓得村里的姑娘小伙们告别土布衣服都好些年了，虽然迷惑，母亲还是赶紧给儿子缝了一身寄去，寒泉当即就穿在身上。

在翠湖边的一次诗歌朗诵会上，大家都说，寒泉穿上这身衣服更像诗人了。

佤山的事情

阿佤山是西盟县的习惯称呼，这里生活着五万多悍勇的佤族人。

在西盟，山，总是令人陷入遐想的。

比如大山和佤族。是山养育了佤族，还是佤族加厚了山？这是一个无人深究的问题。

虽然高原的景色总少不了壮阔苍凉，但佤山不是这样。这里因为雨水充沛，因为避开了温差和风蚀，因为终年阳光充足的驻留，更因为佤族传统习俗客观上对生态的保护，山里溪水长流，植物丛生，四季常绿，佤族就在这里与山脉相融相汇。来到这个高原山地，人经常是手足无措的，这里是大人文、大风景和大地貌荟萃的一个点。

在佤族赖以生存的山、水、森林这一生态系统中，山无疑是个关键环节。就说佤山大大小小 98 条纵横交错的河流，无一不是源自高山峡谷，有了山才有水，有了水才有茂密的森林和生命。

山不仅对佤族生存至关重要，对大范围的生态人文环境也产生着深远的影响。在西盟，全县范围内除勐梭湖畔三千多亩的平坝外，其余全部是山地，这意味着大山是佤族人主要的生息繁衍之地。山像一只巨大的胎盘，佤族在那里孕育、生长。同许多山地民族一样，任何一个佤族人都会告诉你，山上的每一棵树有灵魂，山上的每一块石有灵魂，山上的每一条溪流有灵魂，飞鸟、走兽等都是他们中不可分割的部分。我多次听过佤族人讲述山的事情，那神情完全就像在谈论他们的祖先，谈论他们的父亲母亲，谈论他们的朋友，谈论他们自己。每每此时，感动总是充盈我的胸中。在我生活的城市，说某某人来自山里，往往是一种带有歧视性的说法，因为大山历来是与野蛮、落后连在一起的。同某个已经在城市里脱胎换骨的山里人谈论山地也是需要勇气的，所有的视听都给人造成一种导向，文明与城市是对等的，很大一部分来自山地的人因此而自卑，缄口不提往事，有意无意地回避着自己的出生地和经历。在昆明佤山饭庄表演佤族歌舞的小伙子岩帅不管这些，每次表演之后，他都要骄傲地宣布，自己来自佤山，那里有着世界上最美丽的大山。显然，他来自另外一个系统，一个城市以外的系统。

至于问佤族在这大山里生息了多少年代，他们会告诉你，我们祖先的祖先就出生在这里喽。在经年不熄的火塘边，摩巴（巫师）这样唱道：

小米雀啄伤了挡道的豹子虎狼，

阿佤人才乘机走出了司岗。

男子汉凭一把秃头的长刀开种了粮食，

女人们甩一头长发舞动了厚重的大山。

这就是佤族人世代相传的“司岗里”古歌，佤语“司岗”是石洞，“里”是出来，意为佤族人是从石洞里出来的，从这首古歌可以看出佤族人对山深深的认同感。被佤族人视为自己发源地的这个石洞，在距西盟县莫窝乡大马散南约25公里巴格岱大寨附近的一片原始森林里，是佤族人从古至今一直膜拜的圣地。

佤族人在吟唱这首歌的时候，联想到的一定只是山里日复一日、年复一年的农耕生活，只是一些最简单最普通的生活景状，诸如火塘、打猎、放牧等等，因为山在他们眼里，已经具体成实实在在的植物和动物了。

我无法说清经历了千年万年时光砥砺的佤族是怎样演绎的，但在佤山深处，用牛血绘于“窝朗房”四面板壁上的那些牛、羊、鹿、熊、麂子等各种动物的画像，那些刻在牛头桩、“鬼门”上的长着胡须和生殖器的木人都证实着今天同过去没有本质的改变。

佤族人信奉万物有灵的原始宗教，认为山上的一草一木、一水一石都是不可随便冒犯的神明，这种宗教观深深融入佤族人生活的方方面面，使得像冈窝少山原始森林和勐梭湖这样一些周边山地绝迹的自然珍稀资源得以完整地保存下来。对于佤族人来说，宗教和生活很多时候是合一的，你很难把它从中剥离开来。不过，随着城市和商品经济的渗透和影响，变化还是显而易见的。大山和土地首先使年青一代的佤族人感到失望，很多人已经尝试着寻找进入城市通向富裕的入口，一个佤族姑娘会因为进了一次县城而赢得一些朋友和失去一些朋友，羡慕和嫉妒是难免的，同样，一个其貌不扬、条件一般的小伙子会因为染了几缕黄发而得到不少姑娘的青睐，因为他懂得并实践了时尚。变化不仅仅体现在日常生活方面，就连一些传统的宗教活动也带上了浓厚的商业色彩，今天，一台法事、一场祭祀或许仅仅是为了某种需要而进行的展示或表演，使原本庄严神秘的仪式显得有些漫不经心，精神和心灵的需求已不是唯一的理由。记得 1992 年我随一个民族工作队到佤山的时候，曾通过翻译请求摩巴做一台法事给我们看看，结果不但遭到断然拒绝，还受到了那位干瘦如柴但目光如炬的老摩巴的申斥，他认为我们的请求非常不可思议：法事难道是随便做了看的吗？那天他相当激动，不断用佤语大声说着，时而做出一些决断的手势，我们虽然听不懂他的语言，但能感受到他的愤慨。由此我深深记住了这位让人敬重的摩巴：岩嘎。

这次来西盟，在离县城十多公里的山头上老远就看见赤红的土地上突兀地冒出一片白晃晃的景观，犹如炽热阳光下的一片海洋，刺得人眼睛生疼。难道是塑料大棚？周围的景色过于荒凉，心里不免生出一些疑惑。同行的李耀泽告诉我们，是新建的佤山新村，属于政府实施安居工程的一部分。说话间车子已经开到了那片房子跟前。新村建在一片坡地上，公路从村子中通过，交通便捷了不少，可看看那些房子，不免让人怅然。佤族房屋传统的建筑式样是草竹木结构的架空楼房，俗称干栏式建筑，楼上住人，楼下喂养牲畜和堆放柴火。这种建筑的最大特点是冬暖夏凉，是生活在热带亚热带地区佤族人千百年来从严酷的自然环境中汰选出来并保存至今的式样，我想自有它存在的合理性。眼前的佤族新村完全摒弃了传统的式样，一律用空心砖和石棉瓦做材料，建成一排排汉式的小平房。我们停车走进路边的一户人家中，主人热情地搬过板凳让座，又从竹筒里倒出水酒捧给我们，完全是那种佤族式的自然而然的情义，干干净净，简简单单，一种久违的温暖漫了上来。本来喝佤族水酒是一种难得的享受，可整座石棉瓦房在正午的烈日下闷热难当，一杯水酒没有喝完便挥汗如雨。老存人胖怕热，急忙搬着板凳跑到门外想吹吹凉风，但立即被无遮无拦的太阳烫得跳了回来。太阳太辣，举目望去，房屋以及村庄周围，除了血液一样的红壤，看不见些许绿色。树，当然是没有的。姑娘小伙子们怎么谈恋爱呢？他突然问这家的主人魏岩金。老存是哈尼人，在没有成为作家之前，一直与他的族人漫游在家乡野兽出没的森林里，虽然贫瘠，但歌唱、舞蹈、串姑娘，从来都是不缺的。汉语改变了他的职业，却无法改变他骨子里与生俱来的诗意与浪漫，也正是家乡的那片森林为他提供了永不枯竭的作为一个作家所必须具备的那些基本元素。无疑，他是让人眼红的。眼前这些佤族人的处境让他无法接受，这与他的民族有关。

太不幸了，这些失去森林的佤族人。存文学说了这句话后终于不再言语，同为澜沧江下游的山地民族，他的愤慨和沮丧是实实在在的。

中课乡 71 岁的老人尼散给我讲了很多关于他的民族过去的宗教和生活情况，他是一位摩巴，一直掌管着寨子里祭祀神灵、婚丧嫁娶这样的大事情。虽然看上去他显得过于精瘦，可精力依然很旺盛。当他谈起祭木鼓、砍牛尾巴、做老母猪鬼的种种灵异现象时，双手颤抖，声音也因激动而变了调。他认为这是一种无可比拟的事情，即他的民族在过去拥有的那种力量。他还特别喜欢谈论他们吃过的那些山里的食物，他以欣喜的心情采来粽粑叶、马蹄香、羊奶果等各种野菜，对它们的重要性有着永不衰竭的兴趣。他说，那时，他的民族吞食吸吮着“山的营养”。现在，他依然主持着各种法事和祭祀，那些场面虽然极尽隆重，但他总显得有些心灰意冷。很多事情是做给人看的，他说。就像今天在广场上举行的剽牛，虽然一招一式他都做得无可挑剔、细致规范，但他心里很清楚，他和剽牛手所做的一切，不过是为了拍一场录像，那头正在吃奶的小牛却因此永远失去了它的母亲，拍录像的人要赶时间，只得临时找头哺乳期的母牛顶上，这在过去是绝对不能原谅的，对此，他十分不满。他反反复复强调，剽牛不是随便可以举行的，虽然不属于宗教活动，但又与宗教密切相关，作为祭品，它往往必不可少地出现在各种宗教仪式上，况且，它历来还是财富的展示和象征，佤族以剽牛为荣，门前牛角桩上牛头的数量，决定着整个家族的威望。

一次，尼散直接打住了他正在进行的关于煮鸡肉烂饭的描述，无比怅然地说："莫伟其神给每人一个竹筒，竹筒里装着泥土，我们从竹筒里吸取养分，现在，我们的竹筒被换了。"

"我们的竹筒被换了"，尼散说得不错，那些曾对佤族生活、饮食礼仪甚至社会职责都赋予过重要意义的事情，确实有了很大的变化，有的甚至一去不复返了。作为人类学、民族学最渴望解读的、最具参考意义的佤族社会的习俗及传统细节，也许要掀向它的最后一页了。敏感来自生命及其固有文化的真实，我明白尼散的意思，他所深深忧虑的是与生命本身、他的民族的习俗及信仰的整个结构的某些东西的丧失。"竹筒"作为一种形式虽然留了下来，也许同样盛着泥土，但再也不是那竹筒了，这种损失无可弥补。

然而，佤族社会仍然是与外界隔离得相当远的社会。

群山在这里为佤族的生存提供了一种深度，佤族的劳作则使群山变得生动。封闭的自然环境、生产和生活方式造就了佤族人宁静平和的心态，他们始终在缓慢的农牧经济中保持着对自然的原始而朴素的感情。

生活虽然艰辛劳碌，却也平静安详。人们从容不迫、不慌不忙地过着日子，本分善良，没有过多的欲望。

佤山早晨的太阳永远不会像正午那样呛人，老人们总选在这个时候出来，蹲在一截布满灰尘的木头上，背靠柴垛，眯着眼睛烤太阳，那木味儿的清香随风荡漾。太阳的光在老人眼里闪烁成毛茸茸的一片温柔，一只小花狗躺在那里舒服得直打滚。一个两个或三个男人女人在木质的吊脚楼里进进出出，忙碌着诸如喂牲口、煮茶之类的事情。吊脚楼之外是一望无际的森林、群山，忧伤的蓝和明快的绿在无声地飞翔。

水牛长着一身使人赞叹的滑厚皮色，慢悠悠地望着陌生人，慢悠悠地走向寨口……

这些寨子之所以有诗意，在于它们的主人每天都在平静地享受着这里的天气、群山、牲畜，享受着自己日日劳作的心情。

对于佤族人来说，光阴从未流淌过。他们待在时间中，就像待在绿汪汪的勐梭湖心。时光犹如勐梭湖水永远不会干涸，反而会有更多的时间注入。有那么多赶来的时间、小鸟、白云、流水，佤族人生活得寂静而充实。

生活与劳作是怎样联姻的呢？

在这里，劳动和生活完全是一体化的，劳动就是生活，生活也就是劳动，就像佤族人与大山，从来也不曾分离。

佤族至今仍然是一个不善抒发的民族。在这种不善抒发的性格中，同时又永远涌动着一种持久的抒发的渴望，歌舞对于他们来说，大约是从远古时候就开始了。哪怕是日常的生活方式，他们也喜欢用歌声来叙述：“两兄弟骑马，缰绳断了，马跳，他们俩拉不住，于是就跑开了，来到桂子成熟的地方，摘桂子吃。”佤族人就是用这种原始本初的语言，单纯得不能再单纯的意念和情感，来表达他们循环不已的生活。

最有代表性的木鼓舞是每个佤族人一生永远重复的舞蹈，其中的每一个舞段，都是他们日常生活最艺术的流露，心灵与木鼓相撞，身体与身体相撞，旋律不重要了，重要的是一种最彻底的抒发与宣泄，一种最直接的喧嚣与释放。在一片蛮荒之中，这种抒发与宣泄、喧嚣与释放，成为美的最后力量，也给了生以最大的理由。

在佤山，随时会遇到那些剽悍的佤族汉子，当他们三三两两迎面向你走来的时候，那山岩一样黝黑的肌肤在高原的阳光下呈现着一种透明的质地，只看一眼，你便再也无言了。如果你以为这种颜色是云南的太阳经年暴晒的功劳，那就错了。那是一种与生俱来的高贵颜色，纯正，盛大，朴素。

佤族汉子最惊人的本领是剽牛，是到崇山峻岭中拉木鼓，那种胆与力的较量，是雄性气概最集中的释放。剽牛手不仅是寨子里最强悍、最英俊的男人，还必须技艺高超、德才兼备。只有这样的人才具备一枪剽倒一头大山般雄浑结实的水牛的资格与力量。这确实是个绝活，沸腾喷涌的热血不算什么，水牛轰然倒地的方向昭示着寨子的凶吉，一切似乎全在于剽牛手中的那支镖枪。木鼓被佤族称为“克罗”，意为至高无上的圣物。在佤族漫长的历史长河中，它既是通神的工具，又是娱乐的乐器，每逢宗教节日都要敲响木鼓，唱歌跳舞娱神。在佤山，每个村寨都有自己的木鼓，与其他的鼓类不同，佤族的木鼓长约2米，由几个人才能围拢的整段大树抠制而成，一旦敲响，浑厚深沉，传音可达数十公里。在砍刀、木耙还在大地上盛行的佤山，要制作和运输这样一个庞然大物绝非易事，因此，佤语中才有了一个特殊的专有词汇：“克鲁克罗”，意为拉木鼓。届时，全寨青壮年在头人的带领下，带上炊具、刀、斧、梭镖、弩弓浩浩荡荡地上山砍伐鼓料。摩巴首先面对选定的大树念起咒语，众人齐向大树鸣枪射箭，然后大吼大叫，以此赶走附在大树上的邪神邪鬼。如今禁止使用火药枪已经好几年了，这项程序不得不省去，有的村寨则改为鸣锣。随后摩巴先砍几斧，再由众人轮流将树砍倒，截下一段树干作鼓料。鼓料沉重，山高坡陡，需要很长时间才能拉至寨门外。不过，这些绝不是佤族汉子本领和气质的唯一内容。在强悍勇猛之中，佤族汉子又有一种令人感动的韧性，他们会在一块木头上不厌其烦地勾画出自己喜欢的植物鸟兽，或精心把刀柄装饰成自己喜欢的形状。这些能打死熊的汉子，这时显得平静而随和。

与佤族汉子喝酒，也是意想不到的豪爽。这些粗犷的汉子，情感火热炽烈，敬酒时，高唱着酒歌，高喊着“昂喊”（意为“请”），当你伸手准备接杯时，他却又把酒杯收回，在你的直视下，自己先尝一口再递与你一饮而尽，以此表示敬酒是真心的，没有毒药，请你放心喝下去。他们大碗大碗地喝酒，生命的躁动与奔放尽情流淌。佤山因他们而充满了强悍的气息。

比起男人，佤族女人似乎更沉默寡言，背水、打柴、舂米、劳作，甚至连生孩子这样的事情都在沉默中进行。为什么是这样呢？显然，不完全是性格使然。在西盟，我的目光常常会不由自主地追随着一个个佤族女子，目送着她们渐渐远去的身影。那一刻，我是如此强烈地体味了高原生活，我看见了属于这种生活的某种残酷和狰狞。我的朋友曾拍过一部叫《佤山一日》的纪录片，片中的主人公是一个叫木颂的二十岁的佤族女子，她的家在翁嘎科的一座山上，不通公路，要走大半天的时间。家里除了丈夫和两个老人，还有两个孩子，一个两岁，一个还在吃奶，许是半岁左右吧。片子主要叙述木颂一天的生活，在所有人之前起床，找猪草，背水，做饭，顺便奶孩子，然后把孩子交给老人，同丈夫到另一座山上锄地。傍晚回到家里，丈夫蹲在火塘边喝茶，她又开始做饭。一天中，木颂没讲过一句话，表情也很少。朋友让我去看片的时候，忽然觉得很难受，心情在敬与悲之间游移。

在佤山，女子们的日常生活大抵一样，即使是闲暇的时候，也从不让自己的手闲着，她们总是坐在吊脚楼的走廊里埋头织着土布，如果有客人来了，她们的语言就是烧水泡茶，把客人用的木碗洗了又洗，忙前忙后，捧上一碗香茶时才双眼凝视一下客人，嘴一抿露出白白的牙。

毕竟，这里是大山深处的佤族部落。

稍微了解一下佤族的历史就可以知道，至 1956 年西盟置县以前，佤族社会都还处于原始社会末期，原始公社迅速崩溃，不完全的奴隶社会正在形成。木刻记事、结绳记事、以物传情等原始通信方式仍被广泛运用，直至 1965 年正式成立西盟佤族自治县人民委员会，即人民政府以后，这种情况才逐步有了改变。

不过，即使是今天，贫困也并没有消失，饥饿依然摧毁着人的自尊，简陋的住所和有限的食物是大多数家庭的全部。可以种植粮食的土地少而分散，所有的人都必须在土地上拼命劳作，以期能够获取基本的温饱，很多人家无力为自己配置牛这样可以替代自己的劳力的牲灵，人套着绳索代替牛翻地是常有的事情。

但无论怎样努力，预期的收获往往还是会落空的，高山峡谷不仅决定了他们的劳作至今仍然是艰辛的，而且也成为贫困的根源性因素。今天，随着信息时代的到来，即使是最偏远的山村，也能觉察到外面的世界跟他们的不同，在强烈的落差面前，人真的不知所措。贫穷和劳累往往会扼制住人的欲望和期待，很容易呈现出一种听天由命和乐天知命的状态，虽然迫于眼前生计的佤族人也许对明天可能考虑得少一些，或者干脆不考虑，但并不等于他们没有梦想，于是，终于有人对着群山喊出：大山啊，我们的希望在哪里？

西盟的大山将永远在大地上矗立下去。

我想，一个日益发达的现代社会，应该有能力去改善佤山的面貌，更有责任去改变佤族的生存状态，但也不得不承认，脱贫致富对于这个大山里的民族来说，仍是一条漫长的路。

热带雨林中的曼峦回

在西双版纳热带雨林旖旎的风光中，顺着一条蜿蜒的小路往里走，曼峦回的寨门便出现在眼前。通常，傣族村寨都只有一道寨门，而眼前出现的却是两道寨门，两门之间由一座金桥连接。第一道是傣族建筑风格的寨门，跨过金桥，便是伊斯兰风格的第二道寨门，在热带耀眼迷离的阳光中，两道寨门强悍地昭示着在人类学、民族学中极有意义的一个特殊群体的存在——“傣回”，当地人称他们为“帕西傣”。通俗地说，他们是通过联姻方式形成的一个新族群，既完整地保留了回族的宗教信仰和生活禁忌，按时做礼拜、过伊斯兰的传统节日，又完全融入了傣族的生活方式，说傣语，穿傣装，住傣式建筑，吃傣味食物。

曼峦回位于澜沧江东岸的勐海县，这里是普洱茶的主产区，也是世界上最古老的茶产区。特殊的地理位置，使茶叶在傣回的生存和生活中占据了重要位置，这里几乎家家户户都做过茶叶生意。

然而，帕西傣的祖辈抵达这片土地的时候，这里还是南中国最可怕的地区之一，具备热带雨林所有的生猛元素：遮天蔽日的原始森林、夺命的瘴气、诡异的传说、奇风异俗、土匪、猛兽。多民族同生共存是这片地域的显著特征，村子周边，除了傣族，还有布朗族、基诺族、哈尼族、佤族、拉祜族等少数民族。

关于傣回的起源，《勐海县志·民族》是这样记载的：本县回族系 13 世纪中叶随元世祖忽必烈入滇之回回军和随赛典赤来滇的回回军人、商人之后裔，而村主任岩应板告诉我，他家祖上原居大理小围埂村，杜文秀起义后，祖爷爷避祸至此，娶了两个傣族女子为妻而定居下来。至今，他们仍与大理小围埂的亲戚保持着亲密的关系，节日和闲暇的日子也会相互经常走动走动。

现在的曼峦回全村有 700 多人，男子大部分娶的都是傣族姑娘，关于通婚，我特别注意到了这样一条村规民约：嫁进曼峦回的女子必须遵守伊斯兰教规和回族的生活禁忌，否则是不可以成为曼峦回中一员的。孩子出生后都取两个名字，一个傣名和一个汉名，传统穆斯林的经名除了老人，基本上没有人取了。

除了宗教信仰，区别曼峦回与傣族和周边其他少数民族的另一个显著特征还在于生存观念的不同，当地的世居民族大都以种植为主，而曼峦回村的帕西傣们则以手工业、运输业和商业等多种经营为主要谋生手段。

清真寺是由众人一点一点堆砌起来的，一百多年前，陆续辗转于茶马古道上经商的、避祸的回族人砍来竹子搭起竹笆房做清真寺，终于可以礼拜了。随着人口的增加，信仰的需求，先后在原址上盖过瓦房和干栏式建筑，但都在乱世中屡建屡废，现在的清真寺建于 1992 年，由政府、回族企业家和村民共同集资修建。

热带旖旎的风光与他们强悍丰富的精神世界奇异地合为了一体。真正的信仰是来自心灵的内部，是人类永恒的需要，一个民族的信仰肯定参与了其文化的创造。

在曼峦回的清真寺里，我发现了这些秘密：信仰、生存、尊严、尊重、恪守、坚毅，这些秘密就在这茫茫的热带雨林里，就在这穿越了千年的茶马古道上。

在南中国的热带雨林里，他们进入了《古兰经》的世界。精神上的邂逅，生命的丰富与坚强，内心的坚守，让生存变得更从容，更广博和开阔。他们的存在让人相信，内心的纯粹，文化的包容，确实能够使生命绚烂的姿态如焰火一般自由升起。现在的阿訇马红和是一位拉祜族，来自几百公里以外的澜沧拉祜族自治县。

距曼峦回不远的曼赛回是又一个美丽的傣回村庄，现有 800 多人，这个村庄最引人注目的是清真寺与邻村的傣族缅寺仅一路之隔，不同的宗教、不同的民族在这里交相辉映，和平共处。那天，在曼赛回清真寺的安静的院子里，我见到了唐阿訇和他庄重美丽的妻子。唐阿訇是皈依了伊斯兰教的汉族人，娶了一个回族女子，从澜沧中阿学校毕业后就到曼赛回清真寺担任了阿訇，谈及信仰，唐阿訇一脸安详，在他看来，能够走在信仰的大道上，无疑是一生中最重大的事情。

在云南，食物是很有影响的，除了能带给舌尖美好的感受，更体现出一个民族的文化特征。同所有的傣族一样，曼峦回的帕西傣们的饮食依然以香竹饭、“毫诺索”为主食，佐以烤鱼、烤鸡、烤牛肉、炸牛皮、炸青苔、酸笋、酸帕菜、“喃咪”、剁生，一顿丰盛的傣餐便算做成了。香竹饭，是把泡好的糯米塞进竹筒里，然后用芭蕉叶塞住筒口放在火上烤，带着乳白色竹膜的美食清香扑鼻。曼峦回人擅长烧烤。以烤鱼来说，小小的鱼肚子里塞满了葱、姜、蒜、青椒、大芫荽、薄荷、香茅草、折耳根、水香菜等各种作料，让人眼花缭乱，放在炭火上一烤，满堂飘香。炸牛皮是傣味名菜，其制作也颇为繁复，先将牛皮洗净除毛，然后切成半尺长、两寸宽的小块，煮熟晒干备用。食时在油锅里慢火炸泡炸酥，蘸上螃蟹酱、竹笋酱、香菜酱、鱼酱等“喃咪”。这一桌傣餐，说不上好看，却要多好吃就有多好吃。

曼峦回妇女的服饰仍以传统的短衫和筒裙为主，喜欢佩戴项链、耳环、手镯、戒指等饰品，同时又加有回族传统的盖头，男子的服饰则大部分汉化了。从语言的角度来看，他们说的每一个词、每一个字都带着浓重傣族方言的特点，缓缓的，不剧烈，甚至给人一种抒情的感觉。

文化的融合作为人类特有的现象，被语言、服饰、食物直接注释着。

即使岁月让当初的回族人融入了多民族的河流而形成了帕西傣，而在历史的长河中，他们依然是一个个饱满的个体。既保留着自我，又接纳着他人，在彼此的感染中获得新的力量，再把每一天具体的日子延续下去。

生命的状态应该是什么？

曼峦回宁静祥和，这些平静的面孔中，苍凉，达观，圆融，平静超然。帕西傣特殊的生存环境、文化背景，特殊的血脉融合，超出了地域，超越了种族，彰显出了民族学、人类学经久不衰的意义。

漾濞：春分时节

一

正午，拉着旅行箱走了一小段路，很快就看见了漾濞江。站在漾濞江桥上，抬头看见苍山顶上比焰火更灿烂的白雪，心动了一下。喜欢蓝天下那种素面朝天的安静，知道自己终于远离了忙碌的地方，心底便不由自主地涌起一片清凉。

清冽的流水，淡淡的湿润，几条老街，被脚步和马蹄磨光的青石板，犹如从饱满的胶片中走出来，又唯美又忧伤。简洁、健康、野性、地道的小城节奏，质疑着人类对现代文明的疯狂追逐。

说来惭愧，我对漾濞最早的认识，是从一枚小小的核桃开始的。在我生活的城市，大街小巷只要有干果店的地方，总少不了漾濞核桃的牌子，几个大字，常常被店主挂在最显眼的地方。核桃上市的季节，大大小小的农贸市场更少不了漾濞的新鲜核桃，乳白色的桃仁，弥漫的清香，亦果亦菜。如今虽然核桃的品种和产地空前多了起来，展销会、年货街，各种血统的核桃常常济济一堂，大有一决高低的阵势，但被漾濞核桃滋养惯了的我，总是毫不犹疑地把手伸向那些熟悉的果子，就像握住一位久违的朋友一样。

正好入住雪山河与漾濞江的交汇之处。从窗口望向河面，瓦蓝色的波光，闪闪烁烁，有着细腻的质感与美感。无言的对视，当是世界上最惬意的事情了。

安顿下自己的身心，来到院里长势旺盛的大青树下，看着雪山河欢快地汇入漾濞江，截然不同的江水气质和颜色，让我想到了男人和女人的约会。索性走到雪山河边，突然便有了一种把手指伸进去的冲动，让苔色的水草唤醒沉睡的感官。

桥，桥畔的草木和人家，带着一双眼睛观看总是很容易的，河水带来了苍山的气息与变迁，繁衍，约定，日子，婚丧嫁娶，生老病死，神秘主义，痛苦，灾难，像无声的叙事。一条河流轮回辗转的过程，其实也就是一座城池从泥沙尘土、砖土瓦楞脱颖而出的过程。苍山的重量，江河的灵性，原住民的心性共同成就了它的气质和灵魂。古街，云龙桥，我都走过了。水声，小巷，稀疏的店铺，木质的招牌，语言的秘密，陈旧的墙体和门框，黯淡，却没有失去足够的温暖。古迹与朴素交织在一起，有着青铜般的光芒。偶尔会与人擦肩而过，彼此脸上都挂满了善意。在一座老宅前，我注意到了一朵铁莲花上的沧桑和屋顶上细碎的瓦松，微微出了一会儿神。所有的青砖粉墙、朱门瓦当都会在时光中灰飞烟灭，眼窝所及，肉身所感，脱不出分享与分担。家务，孩子，繁难之处，平衡，尊严，焦灼，对峙，碎片，就是小城的全部和归宿，只有它们能够在辗转往复中永生不灭，能够随着江河流水，能够随着清风云朵，飘向远方。对我而言，本色本真才是最耀眼的奢华，从这个意义上说，两天的行程不免遗憾，因了匆忙，因了陌生，小城的一切依然模糊而神秘。

二

去安南村杜鹃园那天正巧是春分时节。

随着风赶往苍山西坡的深处，确切地说，是赶往银甲山。静谧的山冈，杜鹃花随着海拔的上升渐次绽放，觉得自己像是抵达了杜鹃的国度。

尤为喜欢白色和红色。迎向漫山怒放的映山红，忽然很难过，那是我久经沧桑的朱颜。此刻，我愿意像它们一样，随风摆动着自己早已不再柔软的脊椎和盆骨，犹如一株被魔法牵引的植物那样恣肆地舞蹈。

随手近拍了一张硕大的花萼。渐次晕染的暗红，粉色，丰沛的花粉，像四散开来的睫毛，正欲开始一场飞扬跋扈的旅行，优美而焦虑。个体生命与土地之间那种令人不安又相互影响的状态，让我持久地震撼。

至今仍喜欢这张图片的气息，喜欢这些生命的原浆，把它放在了手机图片里，不时会拿出来看一看，心生欢喜。

同行的杨木华老师是一位走遍苍山千沟万壑的行者，那天，看着弥漫的繁花，杨老师忧伤地告诉我，据他多年的观察，延绵数十公里的杜鹃已经多年鲜有新生的小树了。顺着他的指点，果然不时见到一株株腐朽倒伏的树干，像天空中突然坠落的鹰，摊开翅膀躺在山冈上，永远地离开了飞翔。

几个端着长枪短炮的摄影人穿行在花海之中，大声指挥着两位穿着艳丽服装的彝家妹子摆拍，一匹骡子在一旁有些烦躁地抖动着两只硬朗的耳朵。抗拒是必然的，当传统和习俗被简单地用来复制和消费的时候，得到的只能是乏味和重复，是对图片应有的精神气质的抛弃和背叛。

风来，如马嘶啸。

又拍了几张死去的树干。撕扯，尖锐，坚硬，那是苍山的力度，是杜鹃最完美的骨骼。某一刻，它们集体缄默了。一株几千年来适应了粗糙恶劣自然环境的伟岸身躯轰然倒塌，细小顽强的胚芽不再醒来，繁衍变成了一种纸上的语言。这是春分时刻我在苍山深处遭遇的景象，从此世界将为之黯然。

秀岭梨园是我在漾濞遭遇的另一场缤纷之地。

起舞的梨花，那些热烈的生命，既妖娆又朴素。繁茂，缠绕，隐秘，芬芳，一只梨的汁液的香味，提前抵达了我的味蕾上。植物中，我尤爱会开花的。不经意的地方，一簇微风中的白色碎花很容易就摇曳出了一方风景。无端的焦虑，莫名的恐惧，恍惚间化作了风中的浅吟低唱。

还去了石门关，一路盘山而上，相信自己正走进苍山敞开的怀抱里。这是一次带着体温的告慰与依附，让我暂时忘记了一只蝴蝶在指尖上那种无助的震颤。许是因为从来不关注起点和终点，只在乎不停地走在路上，我对石门关的感受竟然完全落在了走高空栈道的过程中。其实开始我并没有打算走上悬于绝壁当中的玻璃栈道，我恐惧那种失脚踏空的感觉。我不是一个勇敢的人，从来都不是。远远望着绝壁上那些小腿绷紧、手臂伸展，以鸟的姿势才能保持身体平衡的身影，我是迟疑了片刻的。走过之后，回望蜿蜒的山体，我对自己说，迈出自己的双腿才是唯一的真理。

三

硕大的黄铜唢呐鼓荡出旷远粗粝的音质，提醒我们到达了太平乡。这个乡有着令人憧憬的美好名字，然而，穿境而过的漾梅线通行路况却不容乐观。这段路是滇缅公路关键而悲壮的一段，也是至今唯一没有被提升改造的路段。抗战期间，人口不足三万的漾濞人，胼手胝足举全县之力，以血肉之躯铸就了人类筑路史上的奇迹，光环的后面，是一万多条鲜活的生命永远地消失于抗战丛林和蜿蜒崎岖的滇缅路上。如今行走在这条路上，首先得适应与尘土为伴。如果是一个真正关心生活的人，一定会发现，行走在这条路上实实在在地不容易，那些挣扎于颠簸中的车轮子，已经不仅仅作为力学过程中的一种动力而存在，它们与受罪有关。在现代与历史的节点上，筑路者的旗帜已经远去，尘暴颠簸成了这条道路的真实写照。

一阵心酸袭了上来。路边石壁上的錾痕炮眼和筑路者依然清晰的誓言，昭示着抗战时期太平人民作出的贡献和牺牲，今天，我们有理由相信，一个日益发达的社会有责任也有能力让人民跟上时代的步伐，过上安居乐业的幸福日子。我理解，保护应该是精神层面的，每个人都有追求幸福生活的权利，超越历史的烟尘走向未来，是人类不断往前走的必然选择。一条路的生命，只有汇入到时光前进的洪流中，才能获得永生。当鞍马、锣锅、火塘从大地上消失，当一条路成为历史的时候，不负责任地赞美乡村不能不说是一种罪过。瞬息万变的时光中，思维方式和生活方式都在转型，很多东西得靠内心的力量去支撑，因此，我更愿意把乡村具体为人间烟火、油盐柴米。从文学的角度说，唯其如此，才能够让我尽可能准确客观地去表达人类的普遍经验和价值取向，能够更多地尊重土地，尊重文明。

短短半个小时的行程，尘土的存在强烈地刺激着我的眼球和心脏，很担心，如此的路面，能否担当起山谷和大地的丰收？然而，回避是不足取的。正如一双敏锐的眼睛必然会追随到一只翱翔的鹰孤独离去的身影。事实上，即便是封闭的村庄，也依然不可能完全活在过去的时光中，年青的一代注定会与父母走在不同的时光中。当水井、溪流、蚂蚁、粮食、鸡犬、牛羊、垃圾、蝴蝶、老鼠和沉默的石头不可避免地依然与一条路的历史紧密联系在一起的时候，摈弃了欲望缠绕的他们和它们，就该一直成为过去场景的一部分？或许，这只是我以感同身受的角度体味到的个人化的忧伤，我依然希望能够从人的真实处境里，看到过去的环境和历史怎样顽强地活在今天的世界里。

让人安心的是，无论如何，太平人从来都没有停下过义无反顾奔向澄明的脚步，蓬勃的核桃树见证着他们的努力与期盼。

在漾濞，核桃不仅是名片，也是农人生活的指望。中国是一个农业大国，人口中三分之二以上是农民，具体到漾濞，农业人口的比例也许还会高得多。农村生活的风险就在于，上天少降一场雨就有可能让村庄远离丰收，捉襟见肘。辛劳，孤独，挣扎是不可避免的。那些隐秘的伤口，即使化为齑粉，也会在不经意的时刻，以凛然的方式回到现实之中。同样，来到太平乡不能不说到核桃。这里是漾濞核桃的重镇，种植面积和产量都是全县最大的。核桃是这片土地的母语和图腾。光明，黑暗，种种埋藏于时光深处的秘密，从土地里生长出来，又弥漫于人与村庄之间，于苍凉之中印染出一片农耕文明的奇迹。

抬眼望去，核桃树的身影掠过山冈，掠过大地，掠过河流和村庄，带着澎湃的活力溢满了我久被围困的身心。此刻，核桃树刚刚冒出的新芽和稚嫩的花穗在春风中吸吮着阳光，中秋节前后，成熟的果实将装满大大小小的仓库，然后运往乡村以外的地方。核桃种植在漾濞已有三千多年的历史，广袤的大地上，近百万亩核桃林，以自己的方式活着，呼吸，低语，生长，从中我看到了乡村生活的影子，就像核桃苦涩的青皮，终将会褪去沉重，向暖而生。

在漾濞，人们把收获核桃称为“抖核桃”。一个“抖”字，让我惊叹于漾濞人的智慧和语言的精准，犹如闯入了一片英雄的阵营，辉煌的核桃树毫不吝啬地让我触摸到了神话的源头。这是人与树最美丽的相爱，今天，我来到这里，只是为了打捞核桃树穿越了千年又千年的神秘符码。

我倚着一棵千年的老核桃树树干，拼命张大肺叶，贪婪地呼吸着核桃树的气息，让涌动的地气漫上我的双眸和指尖……

在大理

我每年都会到大理小住一段，有时候是春天，有时候是冬天。大理之于我，已经成了一种召唤，过上一段时间，就想去走走转转，本不需要什么理由的。

懒洋洋的老墙，躺在角落里的小石磨，几方扎染的桌布，荡漾的云朵，小桥流水，苍山洱海，小溪里不时弹起的一条小鱼，我垂着的手随时都可以触碰到的路边的花花草草，绚烂而美丽。蓬勃，呼唤，沉默，沸腾，小片小片连在一起的菜地，大树，水源，神灵，满眼是我熟悉的风景。

很长时间，我的脑海里挥之不去的基本上是马锅头、扎染、海菜花之类毫不相干的事物，微风，细碎的阳光，烤乳扇的小摊，小溪边的樱花，小院里的日子，那些井。

经常会想起那些场景。

还有那位做彩扎的老人赵云鹤。他能用帛或者棉纸扎出栩栩如生的彩轿、喜亭、高头大马、大红灯笼、龙凤呈祥、金童玉女、白鹤宝船、祥云缭绕等彩扎。白族人笃信神灵，无论红白喜事都要用到彩扎，有时候，仅仅是不顺、“撞着鬼了”，也要扎个彩扎“鬼”送掉，病才会好起来，日子也才会顺起来，而赵老的绝活就是扎什么像什么，只要你能说出的鬼，他都能扎出来。

神秘的事物是很难用理性说得通的，我相信神秘事物的存在，相信每一个彩扎、每一道符号都凝聚着不朽的箴言。

很多时候，存在是相对，正因为有了这些荡漾着缤纷色彩的花瓣的出现，我才看到了焰火的升起，听到了花朵绽放的声音，才触摸到了最真实的存在。

我从小就是个容易紧张的人，因此，心底最大的愿望就是在忙乱焦虑的间隙，在内心疲惫的时候，能够住在一个既舒适又朴素的地方，读读书，喝喝茶。

记得陪喇嘛华尔丹到大理崇圣寺时曾问过他：二十多年的寺院生涯，由一个小喇嘛成长为格西，最大的收获是什么？他淡淡地说：不断地学习管住自己的心。我微微怔了一下，时间的力量强大而坚硬，有时候，孤独与自由，真的很难说谁更好。

喇嘛华尔丹 6 岁出家到拉卜楞寺，这次专程到鸡足山拜谒了达摩祖师的修行之地后，又来到崇圣寺。

华尔丹的父亲当年也曾到过鸡足山朝山，不同的是，华尔丹的父亲是磕着等身长头一步一步从遥远的甘南走过来的，从第一年的春天走到第二年的春天，整整用了一年的时间。如今的华尔丹是坐飞机来的，在华尔丹看来，虽然行走的方式完全不同，但宗教意义上的传承是一样的。

曾作为南诏古国、大理古国时期皇家寺院的崇圣寺，不仅金碧辉煌，气势恢宏，也是中国南方最著名的佛教名刹，历史上曾有九位大理国国王在此出家为僧。然而，华尔丹千里拜谒，吸引他的偏偏是离崇圣寺仅仅几百米的枯木庵，这里是开山祖师义存最初栖止念禅之地。随华尔丹进到庵里，满庭寂寥，唯有来自唐代的两尊枯木兀自岿然。义存法师圆寂时说："双桎扫地，石卵开花，我会再来。"当我双手合十的时候，我看到了时空中最华丽的不弃不离。

下山入城，我推荐华尔丹入住玉洱客栈。理由是这家客栈的店主是古城的土著，温良而宽厚，装修也朴素而舒适，门前有繁茂的花草，有小溪流过，老房子重新翻修过，楼梯有依稀的木纹，我不仅住过多次，也推荐不少朋友住过。果然，店主为僧人华尔丹专门安排了幽静的房间和打坐的卡垫。盈盈在握的暖意，记得我说了很多感谢的话。

喜欢随意走，出了客栈，路过首饰店、饼铺，现烤的大理粑粑，糖馅的，在清凉的空气里咕嘟咕嘟冒着热气，亦是我最喜欢的点心。拐个角就到了喜子的手工作坊，老远就能看见暖暖的灯光下，那张不饰脂粉的脸，那么好看。每次到大理都会去小店转转，挑选几件自己心仪的衣服。喜欢喜子的创意，她的优越之处在于化繁就简，看似普通的服饰，不经意就穿出了万种风情。再往前，就是一个叫“惑”的小酒吧，一个男孩和一个女孩在喝咖啡，声色迷离里，他们指尖的味道该是相同的吧。我看到了大理世俗和娱乐的一面。现在的大理，生活成本也比过去高出了许多，原本一百元左右的房间，现在得一百五十元以上，旺季还得往上翻许多。

早些年去的时候，那些老房子改成的客栈里面还不能上网，读书便成了最快乐的事情。

在一个叫“藏客”的小酒吧里，我翻开了来自画师么卓本和他弟弟的唐卡画集。么卓本是个严格遵循传统的画师，诗性是他笔下最显著的特点，因而我对他的唐卡一直有着很大的期待。酒吧很复古，有一些茶马古道上的老东西。墙上，密密麻麻贴着一些流水账般的客户留言，我喜欢平铺直叙的表达方式。

当然，看到古城的铺面大都由外地人经营，心里也不免怅然。

我觉得古城面临的新问题是如火如荼的旅游已经使这座千年古城不堪重负，商铺密布、人头攒动已经成了这里的常态。嘈杂的环境使古城里的土著越来越多地选择了搬离，我不由得想到，不远的将来，如果古城没有了原住民，将是怎样一番可怕的景象。

年复一年，不知不觉间，我发现自己竟然已经适应了波澜不惊的生活，那些细微的日子，久久地感动着我。

温暖常在，让内心慢慢结实，慢慢生长。

在大理，我遇到了很多同我一样选择简单生活的人，不少艺术家买下院落隐居于此。安静、朴素，传统道德在古城里有普遍影响。虽然不是每个人都能过上心满意足的日子，但清除身心里多余的东西确实是可以做到的。

选择大理，我们都是一致的。

彝族青年大冲在北京、上海、杭州、重庆和昆明都做过流浪歌手，喜欢过居无定所的日子，而做原创音乐则一直是他峥嵘的告慰与依附。为此，他那个远在山村的母亲以为他中了邪，三番五次请当地最有名的毕摩为他安魂，希望他能够定下心来，踏踏实实地过日子。其实，做自己喜欢的音乐，于大冲而言，是一种不可或缺的生活方式，他沉迷其间不能自拔，以为一辈子都会这样过下去了。直到有一天他来到了大理，直到有一天他遇到了阿莲。

现在，他在大理开了一间茶店，给自己的茶店取了个很文艺的名字：云上的日子。他的妻子，那个纤纤的广州女子，总穿着蓬蓬的棉布裙子，仔细地擦拭着陶制的茶壶和茶具，每天的日子具体而充实，他向着世俗的日子又迈出了一大步。

生存的过程或许就是自省的过程，他终于明白，没有精神和经济的自立与独立，漫游不过是茫然与脆弱的真实写照。

如今，他们的女儿小豌豆都已经两岁了。我相信，他们会一直带着小豌豆在大理静静成长。

许是大理的山水启发了我，我在大理完成了大型系列纪录电影《迁徙——在寻找幸福的路上》的策划和文字稿。里面的故事是我，又不是我，可这有什么要紧的呢？大冲成了影片第三集中的男一号。构思是以一个流浪的音乐人定居大理的故事来展开，基本上以大冲的真实生活为原型，讲述那些循着生活与自身节奏做力所能及事情的人们的故事，讲述他们鄙视庸常幸福的勇气。然而，拍摄的过程并不顺利，多少次，重复多条也得不到一个满意的镜头和满意的细节，于是明白真正的不“作”有多难，有时候，动机过于强大，未必是好事。

我对命运的理解是，它是羊群，既可以走向风和日丽、水草肥美的广袤草原，也可以走向电闪雷鸣的悬崖绝壁，而自己，就是那个握着羊鞭的人。

每个人的内心都有难以启齿的黑夜和孤独，释放不仅是灵魂卸下重负，肉身也得卸下重负，虽然这种选择未必真的能够让人脱胎换骨，但我相信，内心的安静，是真正的安静。

我的选择似乎越来越逆向了，一年中大部分时间生活在乡下，滇东南、普洱、南腊村、滇西北、中甸、从古龙村是我交替常驻的地方。婆家在南腊，一个汉族和哈尼族杂居的山村，迪庆高原的从古龙村则是儿子的出生地。

这些乡村之所以吸引我，不是因为古老，也不是因为诗意，恰恰是因为这些村庄里每个人对改变的期待和为此所付出的努力。

而所有的努力和付出，都应该得到尊重。

那些实际上已经日渐热闹的小巷子我已经不知走了多少回，衰老，斑驳，大多数的格子门窗虽然依然保留着原来的模样，但经年累月的擦拭，尘埃拂去，岁月安详。这样的老宅子，大多被租给外地人开了客栈，翻新的房子也不少，更加舒适的生活环境是每个人本能的需求，一成不变未必就是好。白族崇尚传统，走在大理的街上，身着白族服装的本地人比比皆是，这种现象，即使是在多民族聚居的云南，也是不多见的。传统的三坊一照壁围成一个院子，中间种植着茶花和珠兰，安详的气质里有着截然的现代结构。家境殷实的人家，也有建成四合五天井的，这种结构较之三坊一照壁，气势更为恢宏华丽。然而，无论是老宅还是新居，每家的照壁都会精心题书家风祖训、祥瑞诗词，门楼则采用大理石、青砖、花砖、木雕等精雕细琢，共同组成斗拱重檐，振翅欲飞的气势令人惊叹。建筑是文化的碑，白族人对精神和文化的专注令人肃然起敬。

如果略过满眼的繁华往古城的深处走去，小巷窄门，另有一番景观。

在南门农产品市场旁一间专卖土产的小店驻足，店面不足十平方米，狭小的空间里倚墙竖着两架碗口粗木头榫卯的结实货架，上面依次摆着笼头、缰绳、马蹄铁、马嚼子、鞍垫、马镫、马鞭、马掌钉、军用背壶、铜制水瓢等二十多种马牲口用具。门口是两副结实的马鞍子，一副是普通松木的，另一副的鞍轿、前叉、后叉、鞍翘都是用一种叫泡木的珍贵木材制成，这种木材韧而不硬，制成的鞍子架到马背上会随着马的走动产生弹性，从而不易磨伤马背。店主段毓华做了三十多年的马店生意，在他看来，做生意其实就做两个字：独特。如今虽然汽车满街跑，但在农村，马驮依然还是实惠而又实用的。“不过，要筹齐这些马具越来越难了，比如马镫，以前骑马的主要是马帮的马锅头，所以用得着镫子，现在的马匹都是自家的，除了用来驮点东西，很少有人舍得骑，用得少了，做这项手艺的师傅也就越来越少了。”段毓华有些担忧地说。尽管如此，段毓华的小店每天都还是能卖出一两件物品的，一个月下来也能卖出五六套鞍具。段毓华对小店的业绩很满意，对于很多人鼓动把铺面租出去获得更大收益的想法并不认可，他笑眯眯地说：“我虽然 75 岁了，但身子骨还硬朗，闲不住。房子是自家的，开店图的是个热闹，儿女们都出去工作了，我要那么多钱做什么呢，够吃够喝就行了。”

没有触目惊心，没有对峙，即使内心充满着最彻底的孤独，也依然能从这些平静的人们身上吸取强大的力量。

漫长的时间里，我毫不掩饰对这里的喜爱。

在喜洲，手工扎染是注定不会被遗漏的。

扎染过程大致这样，先用铅笔在生白布上绘上自己喜欢的图案，经过扎缝、染漂、折花、碾平几道工艺，一块漂亮的扎染便完成了。喜洲扎染的优越之处在于针法，能够数得出来的就有龙卷、单针、双针、合缝、城墙、小七针等。

很长一段时间，我沉浸于这种神奇的魔法中。每次回家，都会买上几条用棉纱织成扎染的围巾，质地极为柔软，无论鲜艳还是素淡都有一种异质的风情。

在一个巷子里，一位容貌高贵的老人对我说，我们是细奴逻的后代，我怔了一下反应过来，这是一位彝族人。尽管她的脸上和手上都布满了属于老年人的斑点，可安详的气质依然赋予了她一种稀罕的美。一千多年前，她的祖先建立了强盛一时的南诏国，首府就是现在的洱海地区。

有一年冬天，我在大理双廊的洱海边整整晒了一个星期太阳，迷离的阳光下，我反复听着一个专辑：《哭泣的阿拉伯沙漠》，淡淡的忧伤，磁性低沉的男声，总让我想起杜文秀兵马元帅府，那个大理古城中的城中之城。整个冬天，庭院里的茶花火焰般开着，清末城池中那位率领各族人民起义的回族人已经远去，只有从融合了自由与血性的墙壁里，能够看到回族人的坚韧与抉择，看到这片土地曾经的创伤与痛苦、微笑与咆哮。

我看重《哭泣的阿拉伯沙漠》里那种坚持与坚决，它让我看到了大理的另一面——柔软背后的沉甸甸的重量。

我想，这才是真实的大理。

高原在上

眼前至今依然晃动着他那对硕大的象牙耳环。

在墨西哥城国家宫著名画家里维拉的壁画前，我惊讶地看见了这位戴着美丽松石和珊瑚的土著墨西哥人，俨然就是一位正行走在香格里拉山道上的藏人。

从早到晚，整整一天，在远离香格里拉的墨西哥高原，我一幅接一幅地读着里维拉的壁画，从墨西哥的古代读到墨西哥的现代。在这些弥漫着异族气息的壁画里，我忽然看见了熟悉的拉姆央措湖，看见了泉眼，看见了水波荡漾之处的史前秘密。同时，我也看见了属于香格里拉的密林，看见了飘飞的树胡须，看见了青稞，看见了杜鹃林的根茎在泥土深处的触须，看见了时间的短暂和辽远，看见了高原盘旋起舞的灵息。斑斓的文化，冥绝的空灵，既被火接纳，又为水相融。

我惊诧于世界文明如此地相通和相近，忽然间就有了一种久违的亲和近。于是，我把随身携带的一只纯银酥油碗送给了当地著名的印第安诗人马努埃尔，他明白并收下我的心意。

此刻，忽然说起这些，我想表达的是，无论走到世界的哪一个角落，这片高原都能以它独有的方式深刻地影响着我，它的质地和重量一直在我心里。

或许，壁画上的那个古代墨西哥人，原本就是从中国的香格里拉高原上万里跋涉而去的，谁说不可能呢？

在世界的尽头，距离给予人足够的清醒，我想起无数个澄明的早晨，静静地站在窗前，目睹着初升的太阳飞快地染红了松赞林寺众生凝目的金顶。

多年来，我一次次地远行，一次次地抵达，无论走得多远，都会本能地回过头来，从遥远的地方，仔细地端详着自己生活的土地。

在松赞林寺，在独克宗古城，在大宝寺，在梅里雪山转经的路上，我曾默默地注视着一个个从我眼前走过的旅人，孤独、脆弱、焦虑、无助，安详、快乐、执拗、渴望，透过一张张写满各种表情的脸，我看到了人们行走在香格里拉大地上的真心诚意。更多的时候，被满眼的风光和粗犷的康巴人所征服，被义无反顾的信徒和浩荡的经幡所征服，被无法用直觉表达的简洁、敦厚、容纳所征服。

在从古龙村，我有着属于自己的家。这是一座庞大的藏式房子，我在里面经历了儿子的出生和阿妈的离去。

更多的时间，我会陪着阿爸沿拉姆央措湖转一圈，然后又沿松赞林寺转一圈，我们无声的脚步很容易就汇入了巨大的旋转着的人流。修行，我还没有达到那么高的境界，我不过是奢侈地享受着高原无处不在的缓慢和宁静。我会长时间地坐在家旁边的山冈上，吹着风，看着太多的白云从头顶飘过而什么也不去想。时间长了，我发现歌舞和传统的耕作是村庄里每个人都擅长的技艺，也是旅人们频繁造访的动力。其实，村人们所葆有的无非是每个普通人所应有的快乐与满足。

家里常住着一位六十多岁的韩国人，缺氧使他的嘴唇经常呈现着一种疲惫的紫色，很为他担心，也许过高的海拔并不适合他。面对劝说，他总是淡淡一笑说：“不用担心的，能够死在这么纯净的地方，何尝不是一种福分和造化。”

拉姆央措湖，我不由自主地再次说起了它。辽阔的美丽荡出湖面，摇曳出异质的光芒。偶尔儿子会与村里的孩子们一起去湿地里悄悄地捡拾野鸭蛋。湖里，野鸭、鸳鸯、放生的鹅，各种高原水族相安无事地生活着，与炊烟、与人的温度相伴，我想，这是人类应该学习的。

我从不轻易说出神圣、圣洁、救赎这样的词，在我看来，香格里拉对于每一个投入它怀抱里的人来说，不过是一种日常的生活方式，它的朴素和厚道，犹如那些从远古奔腾而来的伟大河流，已经流淌了千年又千年，现在以及今后也必然会川流不息地流淌下去。

有时候，距离产生的神奇感觉也会把人引向意料之外的地方。一天，几位诗人朋友来到我家，晚餐后，我们一起坐在院子里静静地仰望着星空，女诗人木子忽然捂着脸哭了起来。半晌，她才抹抹眼睛说，这里的天空怎么可以这样透明？

大家忽然很感慨，说起了雾霾，说起了久被围困的心灵。如果说香格里拉是神投影在滚滚尘世中的一座神秘殿堂，是一颗被工业化彻底遗忘的顽强种子，是一抹引领人们奔向澄明的清晨阳光，那么它的力量与质地，诱惑与激励，在不经意的时候便显现出来。

与木子一样，很长时间里，我一直尝试着努力蜕去形形色色的“物”，寻找着重新生长的种种可能。庆幸自己能够长久地拥有纯净的空气，一如世世代代生活在这里的人们，与缤纷，与荒芜，与神话，与冥想，与大悲为伴，任自由的灵魂在泛滥的蓝天白云里飞翔，哪怕是享受片刻的虚无，也已足矣。

然而我依然不可避免地会想起高原生活中的种种不容易。由于我在外面工作，家里的耕地几乎全部都由妹妹一个人打理。同事在一次喝饱了酥油茶后提出，要以妹妹为原型，拍摄藏族妇女日常生活中的一天。

第二天晨曦中，我们扛着摄像机随妹妹来到位于松赞林寺后面的地里，很快就摆好了机位。

我在镜头前静静地看着妹妹极为熟练地翻着地，清晨的空气里很快就泛起了淡淡的泥土味，妹妹的身影由于与大地、灰尘、薄雾融为了一体而模糊不清，只有鲜艳美丽的红色头饰在迷离的阳光中格外醒目。

不一会儿，妹妹的额上便冒出了一层细密的汗珠，它们有着盐的质地和钻石般的光泽，自然被细心的同事以特写的方式悉数收入镜头中。劳作中满头大汗的妹妹不时抬起头来朝我们憨厚地笑一下，一会儿问我们渴不渴，一会儿问我们饿不饿，边说边加快了手中的动作。她担心习惯一日三餐的同事饿着，急着干完活回家给我们做饭。

诚实地说，多年来，我从没留意过妹妹劳作的姿态。

眼前忽然涌起一阵湿的东西，我几步走到妹妹跟前，几乎是有些夸张地接过了她手中的工具，狠狠地砸向了坚硬的土地。尽管握着锄具的虎口撕裂般疼痛，但心底尘封的记忆和感官由此唤起，我相信，只有真正从事过作物播种和收获的人，内心才会始终充盈着对高原的感恩和信奉。

“你干什么？”他俩同时叫了起来。在家里回放镜头，同事对着我有些僵硬的劳作姿态指指点点，埋怨我突兀地破坏了画面的和谐。从技术的角度讲，确实是不合时宜。一向好脾气的妹妹忽然很不高兴，在她看来，自己承揽了家中的所有伙计，为的就是让我在城里安心工作，活出个人样来。

其实，妹妹对我的好何止于此。有一年的夏天和冬天，我一直在西藏和玉树拍摄纪录片，回到家里的时候，疲惫和伤痛使我虚弱不堪，阿爸和妹妹一致认定我撞上了邪恶的东西。当天晚上，妹妹便用干净纸包了几元纸币，沿着额头一边念诵着一边给我全身擦拭着，第二天一早便直奔寺里去给我祈愿，这样的习俗在我们这里叫“替身”。

妹妹相信，我从此便获得了新生。

前不久，妹妹托人给我捎来了一幅巨大的度母十字绣。尽管我一再跟妹妹说不用寄，我下个月就要回家了，可妹妹等不及了，电话里她反复交代：姐，你尽快挂上，度母会保佑你的。

想想妹妹四百多个夜晚穿针引线的不易，一阵伤感抵达心底。

儿子五岁的时候，我把他从香格里拉接到了昆明。第一次去农贸市场，在卖牛肉的摊子前，我买了一根牛尾，没想一旁的儿子忽然冒出一句：妈妈，咱们买这干吗？炖汤呀。我随口回答。儿子又豪迈地冒出一句：在我们香格里拉，这是喂狗的。在周围一片愕然中，我把儿子拉向了另一个摊子。这回买的是五个洋芋，一公斤，五元钱。儿子又一声惊呼：这么贵呀，早晓得咱们从家里扛一袋来。

我家住楼上，每当儿子动作大弄出声响，我总是惊得不住地让他轻点，再轻点，每每被我厉声喝住的儿子总是委屈地说，在香格里拉家里，几十个人在楼上跳舞都没事的，你怕什么呀？

我怕什么？面对儿子干净的眼神，我竟一时无法回答。怕打扰邻居只是原因之一，我悲哀地发现，多年的城市生活不但束缚了我的身心，更决定了我的思维方式和行为模式，犹如我身体里的沉重和尘埃，一有机会就冒出来。不知从什么时候起，我开始谨慎了，活得小心翼翼了。

近几年，家里条件好了许多，每年冬天我们都把阿爸送到洱源牛街的温泉休息养生。酷烈的高原对于灵魂而言，说是境界、救赎、精神的高地一点也不为过。很多进藏的人就很喜欢炫耀自己在高原的种种生死经历，而对于肉体，无疑是实实在在的考验和摧残。

我的阿爸老了，充足的氧气和健康是他需要的。有一次，站在高高的白鸡寺前，我对阿爸说：阿爸，为了你的健康，你得离开高原了。刚烈了一辈子的阿爸忽然有些伤感，半晌才俯瞰着建塘坝子和远处家的方向说：阿爸老了，离不开这里了，只要你们健康地生活着，阿爸也就放心了。

去年弟弟买了辆越野车，我和弟弟一家带着阿爸从滇藏线到拉萨转经。出发前，全家来到了大宝寺，阿爸在佛前长跪匍匐，一遍遍为我们的出行祈祷平安顺利。阿爸始终坚信，大宝寺是进入拉萨的钥匙，领取了这把吉祥金钥匙，我们一定会旅途顺利、吉祥安康的。

回程，为了让没有坐过飞机的阿爸也尝试一下飞翔的感觉，我和阿爸从拉萨直接飞回了香格里拉。

飞机上，我忽然想起了阿妈最后的日子。

在下关医院的重症室里，清醒过来的阿妈执意向医生提出要出院回家，惊愕的医生不明白，求生是人的本能，哀怨、求助、惊恐是大多数病人的常态，而眼前这位奄奄一息的老阿妈，眼里透出的却是鲜有的宁静和自信。

肃然的医生在我们签字后很快给阿妈办理了出院手续。出院的时候，喘气都困难的阿妈反反复复地感谢着医生的精心治疗，并让我们把家里带去的几饼酥油全部送给科室里的医护人员。阿妈生命中最后几句话是对医生说的：真真地谢谢你们的照顾，真真给你们添麻烦了。阿妈连着说了很多个“真真”，阿妈汉语不太流利，表达极致和深切的意思，她只会反复说这两个字。

此后，阿妈便不再说话，静静地迎接着死亡的降临。疼得忍不住的时候，阿妈会喃喃地念诵几句经文。一个星期以后，阿妈安详地走了。

即使是今天，当我不得不说出死亡这两个残酷的字眼时，我的心依然颤抖不止。

面对死亡，我依然没有阿妈那种自然而然的心态，而阿妈不过是千万个普通藏族人中的一个，对于生死，有着天然的坦荡和不可或缺的高贵安详。

是的，即使没有灾难的降临，人也终将会死去，从这个层面上说，死亡确实没有什么可怕的。

每当我想念阿妈的时候，便会去松赞林寺点燃一盏温馨的酥油灯，然后郑重地写上阿妈的名字。有次住家里的一位客人与我同去，他好奇地问：你为什么不点上一百盏呢？在他看来，点灯的数量与孝顺和超度一定是成正比的，显然，他是另一种思维方式和生活习惯。

而对于我，时间终将在摇曳的酥油灯中远去，逝去的所有也终不会再来。

不再悲伤。

远处的大地正孕育着另一场轰轰烈烈的生命，作为朴素的人，为着自己朴素的日子，我将一直在这片高原上生活下去。

行走的乡村

一、二月里

二月，滇池的春天来得十分轻巧。

站在滇池东岸的晨光里，对面的西山睡美人在薄雾和水汽里有些模糊，山和天空相互介入，并与绵延的大地融合成一种肆无忌惮的穗绿。

而滇池岸边，大地的颜色已经非常拥挤，各种颜色相互缠绕，有时候干脆是各种颜色的堆砌。

无论怎么看，这些色彩都像不清晰的焦点，重重叠叠地挤在一起。对于眼睛来说，这种不和谐反倒制造出了一种令人愉快的效果。

复杂的色彩形成了彻底的春天。

环湖一周，重叠的颜色和农田里的各种农作物一直环绕着我。

一次次的抵达，致密的快乐和忧伤，在滇池，我总能获得足够的快乐和能量。

深黄，金黄，湖蓝，暗绿，蓬勃的西山山脉。在水波裂开的声音里，滇池水漫过我的手指，漫过我的眼帘，漫过我的长发，漫过辽远的西山小调，漫过劳作，漫过土地，漫过湿地，漫过我与滇池相伴的所有年华。

我从不远的城市来到这里呼吸着旷野的空气，抚摸着滇池的水波，目光穿过邈远的云朵、树木、山冈、河流、溪水，我的眼睛充溢着它们变幻的色彩。我出生在昆明，我的童年和青少年时代都是在这里度过的，今后的岁月也不会离开这里。湖畔的每一朵花，每一张脸，每一棵树，每一条支流，浆果的气息，青草的气息，花朵的气息。胸口好像被“哗”地一下子掏空，无比爽快。美丽的高原湖泊，在漫长的岁月里，不断消耗着我内心不息的芬芳和辗转的激情。

在云南，98% 都是山地，这样的地形地貌决定了生活在这里的大多数人一辈子都不可能见到真正的大海。因此，在这片广袤的高原上，所有的湖泊，甚至仅仅是一片沼泽湿地，统统被称为“海”，高原明珠滇池的乡土名字是“海埂”，牛栏江上游被叫作清水海，至于黑水海、干海子、拉市海、纳帕海等名字更是比比皆是，其中，有的是高原湖，有的是湿地，有的干脆就是一个水库、一个水洼子。大海对高原人的诱惑是生活在海边的人们难以想象的。不仅湖被叫作海，人们的服饰也体现了对大海的向往。

珊瑚、砗磲、珍珠、海螺、贝壳因为稀有，被视为最贵重的首饰，每个女子的嫁妆里必定会有几件出自大海里的珍品。

在滇池边，我忽然想起了一个在云南广为流传的段子，说的是曾经有这么两兄弟，从祖辈起一直生活在一个偏远的大山里，大海对于他们来说，永远只是一个谜，一片想象中的世界。光阴荏苒，到了兄弟俩这辈，终于有了点积蓄，于是，他们决定到昆明看看滇池，看看他们心中憧憬了无数次的“大海”。临行前，弟弟问：“哥哥，滇池有多大？”哥哥挠着头想了一会儿，然后用手比画着说：“滇池呀，大得很，围都围不过来呢。”弟弟依然不解:“围不过来到底是多大呀？”哥哥笑着拍拍弟弟的头:“傻兄弟，滇池呀，大得就是咱俩挑一千担水也装不满呢。”这个段子在山地里一代一代流传着，被不同的民族用不同的语言演绎成不同的版本。其实，一点也不奇怪，更不可笑。如果我也和他们一样，一辈子生活在无边无际的山里，无休无止地耕种着缺水的土地，不要说洗澡，就连喝的水也要翻山越岭到几公里以外的山箐里去背，很难说我对大海又会有怎样的认识和想象呢。

后来，有了电视，很多人足不出户就可以看见梦寐以求的大海。对于山地的人们来说，电视是神秘的，有什么东西能有这么大的魔力，瞬间把被大山封闭的村庄与大海、与世界连在一起。于是，最先拥有电视机的家庭总是受到国王般的拥戴，人们谦卑地讨好他，只为了在他打开电视机时，能够搬一只小凳，坐在那具有无限魔法的大匣子前。现在，各种家用电器已经在山村逐渐普及，耐人寻味的是电视机的销量依然稳居第一，每个有了点闲钱的家庭总是在第一时间为自己购进一台电视机，原先早已有电视的家庭则鸟枪换炮，不时更新电视机。山里的人生，就是今天重复昨天，电视机让寂寞的山地生活有了亮点。在山地，从一座山到另一座山，无论你走多远，漫长黑夜里星星一样闪烁的必然是每家每户的电视机。

同所有生活在高原的人们一样，我从小就非常向往大海，小时候，在自己那小小的房间里，我无数次地想象着大海的神奇和绚丽，多少个夜晚，在那暗淡的灯光下，我流着泪一个字一个字地读着安徒生的《海的女儿》，仿佛自己就是那海的女儿，正透过蔚蓝色的水面，寻找着心爱的王子，而身后，海底葵花般的太阳却离自己越来越远。

许是因为高原人对大海充满了无限的想象和渴望，在昆明，才会出现了七次下西洋的伟大航海家郑和。郑和的故乡就在滇池畔，想来，少年的郑和一定是从滇池的水波里看见了真正的大海。

二、湿地纪

在滇池的沿岸，水天之间，漫溢着大大小小的湿地，那是尘世之中的最美好的抵达。一排排植物笔直往上生长，在隐秘的小径里，听鸟儿唱歌，听风吹树叶发出的声音，我的手心里握满了来自这片湿地里的种子，心底开出了一朵绿色的葵花。蒲公英完全随意地盛放着，满眼细碎的小花，薰衣草的香味弥漫着，深深浅浅的蓝，湖畔开花的季节，荡漾出我最深的快乐。

走过湿地的时候，时间也慢了下来，一直不曾忘记，心底种子发芽的那一刻。

湿地的主要功能是给滇池造“肺”，进一步净化水质。相比滇池岸边自然的状态，湿地公园则是休闲赏景、呼吸新鲜空气的绝好去处。

环湖一周，拥抱了十个湿地公园：永昌湿地、西华山邑村湿地、晖湾湿地、古城河湿地、东大河湿地、海埂公园湿地、盘龙江入湖口西岸湿地、海东湿地、捞鱼河湿地、淤泥河湿地。

每块湿地尽显不同，永昌湿地种植有水杉、柳树、小叶榕等乔木四千多株，菖蒲、旱伞草、荷花等水生植物三万多平方米。西华山邑村湿地的不同之处是种植着大量珍贵乔木鸭脚木、红花榉木、黄连翘，树林中隐藏着亭榭小桥，蜿蜒别致。晖湾湿地距西华山邑村湿地不远，是芦苇、香蒲、风车草的栖息地。古城河湿地和东大河湿地都在晋宁，随处可见的莲藕、荸荠、滇润楠、三叶梅草，水族飞鸟大量出没。

住处离海东湿地最近，故去得也是最多，经常会买面包去喂鸟。喂得多了，跟鸟们也就熟悉起来，只要看见我往草地边一站，它们便纷纷从树上飘下来，昂着头等待我把面包掰碎了撒出去。

其中，居然还有几只没有北归的红嘴鸥，于是伸出去的手，便有了温暖的回应。

夏天，随着雨水驾着云的翅膀降临大地，就仿佛吹响了生命的号角，湿地迎来了生命中最隆重的时刻，开始了又一次生命的轮回。湿地是一个特别的地方，它们在气候关系链上与天地紧密相连，而降雨量的多少又决定了天、地、人相互的影响。五月是如此美好，此时行走在生长浓密的湿地里，自有一番餐风饮露的美好心情。这些天久旱的昆明终于迎来了雨水，缥缈的雾从山谷里升腾起来，凝在草尖树叶上，又散落到大地上。大地结实饱满，欣欣向荣。农田里，稻子正在抽穗灌浆，饱满的绿色在阳光下闪闪发光，一种令人心生喜悦的光芒。所有的农人都在热切的期盼中等待，等待收获季节的来临。劳动的人们，在他们栖息的大地上，唱着辽远的歌。当然，人们歌唱并不仅仅是因为欢乐和需要表达，很多的时候，为的是赞美大地。

走了一段，雨水还在下，树上有滴滴答答的水声，风一吹，纷纷扬扬的粉红花瓣撒落一地，顺手拍了几张，镜头与地面呈直角，没有任何渣滓，只有土地和花瓣。光、色都不牵强，只是朴素得有些平板。但我确实喜欢朴素的东西，它们使我感到温暖。一路上想着环湖湿地和森林里的那些植物花朵：玉兰花、山茶、百合、杜鹃、兰花、龙胆花、绿绒蒿、凤眼兰、空心莲子、马缨丹、藿香蓟，有些是认识的，比如石斛、兰花、山茶、杜鹃，等等，大部分却都不认识。

我并不觉得自己矫情，固有的生活不仅限制了我的肢体，更圈定了我的思维，大多数时候我都活得像不紧不慢的钟摆，沿着固定的轨迹不断地旋转着，因而我格外盼望秩序被重新打乱，盼望着站到圈子外面，去看远方。在日益沉重和浮躁的今天，我的心底尤为需要一种恒久的宁静和温暖，哪怕是片刻的快乐的心情。

三、世间所有的繁花

斗南的花香，在很远的地方就可以闻到，那是一种令人愉快的缥缈气味，感觉到花瓣随风拂过面颊，然后轻轻滑进身体里。

斗南位于滇池东岸，享有“金斗南”和花都的美誉，是中国乃至亚洲最大的鲜切花交易市场，云南 80% 以上的鲜切花和周边省份、周边国家的花卉入场交易，占据着全国鲜花市场的绝对优势，是中国花卉市场的风向标和花卉价格的晴雨表。

所有的繁花，从一粒小小的种子开始。三十多年前，一个从小生活在滇池边的农人化忠义偶然得到了一些唐菖蒲的种子，喜欢尝试的化忠义在自家农田里辟出了三分地，悄悄地把它们种了下去。种子舒服地躺在化忠义为它们铺就的腐殖土深处。黑夜驾着神的翅膀降临，种子们开始苏醒，每一粒种子都努力拱破坚硬的黑暗，等待着迎向阳光探出自己小小的头颅。它们的秘密武器就是它们强烈的生生不息的生命欲望，它们渴望在日光月华里酝酿着甜蜜的丰收。几个月以后，它们以妖冶的容颜为化忠义带去了一场从未见过的花海。化忠义让自己美丽的女儿把花儿摆放在了平日里卖蔬菜的农贸市场。那一年，他家卖鲜花的收入是卖蔬菜的几倍，小小的种子为他带去了经久不息的快乐，也正是这几粒小小的种子，繁衍出斗南延绵不绝的缤纷与绚烂。

来到斗南，心如同一只小小的紫色沙漏，飘洒出至柔的电影感。

深海蓝，柿子红，木绿，锦灰，烟蓝，曙红，寂绿，烟紫，世间最斑驳的花色，浓烈如暗夜，轻浅如淡淡的唇脂。繁复色彩裹挟的是汹涌的花海。生命是如此蓬勃，有着无限的可能。

一场素未谋面的视觉感受，令人手足无措。从看见这些花朵的第一眼起，就沉迷于它们妖孽般的繁华和丰盛。

不露声色的外表下，焰火般绚丽，寂静般空灵，时间停止了流动，这是最深的缓慢。

我也愿意把这些繁花看作是大地的记忆，隐藏着过去的时空、现在的时空和将来的时空，而所有的努力都应该得到尊重。

四、乌龙村观鸥

在滇池观鸥，除了海埂大坝，乌龙村、海晏村、吓坝河、捞鱼河都是观鸥的好去处。每年冬天，这几个村靠滇池的堤岸和湖边的湿地便成了红嘴鸥们的天堂。

沿着海东湿地前行不远，穿过一片湿地水柳，便进入了乌龙渔村。

我不知道几百年前的乌龙村是什么样子，但我看到了乌龙村现在的样子：少量的老房子，更多的人家已经翻盖了新房，小片的农田环绕着安静的村庄，与湿地相连。如果这时恰巧飘来一朵浓重的乌云，只有一丝强烈的光芒照亮了田野的局部，那无疑就是画中的风景了。

乌龙村曾经是滇池东岸的古码头，水路稻花，飞过村中雕花的门楣窗棂，载着呈贡肥沃大地上长出的蔬菜水果运往昆明，运往远方。村中老人至今记得，小时候有一条清澈的小河穿村而过，酷似灵动的乌龙，乌龙村也因此得名。

穿行在小村里，很容易就找到了垂恩寺，可惜正在重修，只能在红墙外面看看碑记，得知垂恩寺建于康熙四十七年（1708），是研究清工部《工程做法则例》和昆明地区官式建筑形制特征的实物例证。想啥缺啥，心中不免遗憾，又沿着红色的围墙慢慢走，庄重的红色与周围老屋上的瓦松交相辉映，恍然感觉时光寂寞地落在了脸上。

去村中关帝庙则比较幸运，正好遇见一位大嫂要去燃香祈福，便跟随进去。大嫂说，每逢初一、十五，前来敬香的村民不少，早先庙会时，还要搭台热热闹闹唱滇戏。对幸福生活的向往是每个人心底最本真的愿望，看着大嫂匍匐在地的身影，忽然有些感动。

关帝庙的修建分为官修与民建两种，乌龙村的关帝庙为民建，原先的古庙仅存斑驳的老墙和石刻，眼前的新庙是村民今年自发集资重新建盖起来的。

又去了净乐庵。坐落于村后关山东坡的净乐庵始建于明崇祯五年（1632），清代又进行了一次大规模的翻修，为乡人郭清华出家捐全部家产而建。

过去，村中还有一座光华寺，一个村庄里有四座寺，足见乌龙村当时的繁盛与辉煌。很长时间，流连于那些老房子，触摸那古老而沉默的气息，瞻仰那明媚的朴实与苍凉。浑然不觉中拍了不少村庄的照片，我只是想让自己经历某种气息。一条条小径通往关山，通往滇池，看到它们的时候我就知道，它们的故事一直就在我的身体里。

五、观音山

观音山犹如一只振翅欲飞的凤凰，矗立于滇池西岸的中部之滨。山势不算太高，但突兀险峻。

那天，我站在观音山上，早晨耀眼的阳光洒向滇池，绚烂而明媚。

观音寺建于明嘉靖年间，至今已有四百多年的历史，寺内观音阁尤为殊胜。每年的农历六月十六至六月十九都会举行规模盛大的庙会，俗称“观音山六月十九庙会”。在昆明，观音庙会分别在三个殊胜的日子举行，即农历二月十九观音诞辰日、六月十九观音成道日、九月十九观音出家日。其中最盛大的还数观音山庙会，这三天里，十里八乡的村民如潮水般拥向观音寺敬香祈福，寺外熙熙攘攘，小吃、服装百货、烟酒糖茶、针头线脑各种摊子林林总总。喝茶下棋的、算命相面的、猜拳行令的，不仅是物质的盛大集会，也是乡邻们相聚见面盛大的集会，乡村在这时才算真真正正进入了最浓烈香艳的时刻。整个庙会，我印象最深的就是各种食物，豌豆粉，凉米线，米花糖，羊汤锅，人们见缝插针地围坐在矮脚的小方桌前，香喷喷地吃喝着。惊讶于庙会总能容纳足够多的人们，那种含混与散漫柔软得让我想起一些荡漾的颜色。

观音山村的居民大部分是白族人，明显流露着白族语言的性格和气质。清水色的屋顶长满粗野的花朵，金黄、橙色、黑紫的花瓣从泥土里探出身体，那微小干瘪的种子挣脱束缚的一瞬间，那些泥土就开始塌陷。它是属于浑浊不清的语言谱系里最坚韧的种子，随着滇池的波涛，被播种在滇池岸边的小村里。

六、维则

石林的维则乡现已改名为长湖乡了，但我更喜欢维则这个原本的名字，随便改名，总让人有一种急功近利的感觉。出了石林县城沿着蜿蜒的县乡公路往东南走，经过几个神灵出没的彝族人村子。太阳刚露脸，流云就从这些隐藏在石头和森林间的村庄蒸腾而起。千年的阳光依旧，错落有致的村庄在白云的辉映下宁静而单纯。村边大部分是夹杂着各种形状石头的红壤，有树林、池塘、作物。我是凭空出现的吗？眼前的景象无疑只存在于从前。所过村镇，大都为彝族人所居，生活依然因循着古老的传统。他们能够看见神灵和鬼魂，毕摩负责与神鬼对话，具有无法描述的神力。在他们看来，山有山神，水有水神，万物都有灵魂。这一点也不可笑，我们的认知空间有限，彝族人的心灵空间无限。

行走在去维则的路上，我感受到的是一种内在的宁静和简练。宁静到使时光凝固，简练到节制，就算想沉思点什么也是不可能的。

这是一种深刻的快乐。森林，走在这条路上不可能不提森林。云南是片粗犷的高原，除了西双版纳那种神赐的热带雨林，景致大致是红土、高山、荒原、马车路、土著等，很容易使人想到现代汉语的这些词语：原始、土、缓慢、莽荒、苍凉，但并不意味着云南没有森林或森林很少，恰恰相反，云南的森林被这厚重的高原凸显得非常细致，无论哪种赏心悦目的景观，都有一定的典型。比如，海拔3000米以上大都以冷杉为主，夹杂着高山栎、桤木、槭树等硬阔叶林，给人以披鳖挂剑、刀枪林立的威严之感，很像那里的民族，高大、威猛、强悍。海拔2800米以下，则以云南松为主，它也是云南分布最广的树种，秀丽、优雅，不失风度。当然，也有像高黎贡山那种比较中庸的地方，囊括了从温带到寒带、从低海拔到高海拔的所有植物。

维则乡的森林是个例外。它不属于任何类型，但所有描写森林的华章佳句用在这里都不为过分，我只想强调那种感觉。或许太过魅惑，总有一种东西不断推着你往里钻，一旦钻进去，就像钻进时间隧道，再也无法停下来。冒着油的绿色像一大桶水劈头盖脸地泼下来，油然而生出一种无法言喻的快感。维则的森林是大地上的珍品，等懵懵懂懂转出来，才来得及慢慢品味那种与世无争的美丽，那种幸福的汪洋，松弛以及懒散。有时，不免会产生浮夸，因为实在是太松弛了。

七、长湖

有些地方是会反反复复去的，比如石林的长湖。

红色的土壤，小河，溪水，春天，大片的苹果树、梨树，花开得令人眼花缭乱。想到了秋天，果子爬满枝头的美好和快乐。

我在一个澄明的早晨抵达了长湖。

这是一个草木繁盛的地方，森林和植被环绕着周边，三叶草、彩叶草、滇紫草、石槲、龙胆草、滇青冈、清香木、水冬瓜、大树杜鹃错落有致地排列着。

湖心几块大大小小的湿地，成了鸟们的乐园。

弥漫的绿，毛茸茸的暖，都指向了人内心里那片最柔软的地方。极目之处，尽是明亮的天光水色，天人合一，淡远融洽。

庆幸自己能够拥抱长湖的宁静和秀美，庆幸自己能够在这样一个安静的清晨，捧出心底的快乐和温暖，给自己，给他人。

长湖修长，水面大约 4 平方公里，山青水绿是这里最显著的特色。

阳光欢喜着，湖水充盈，白云朵朵，一只大鸟的影子一动不动地叠印在水里。

长湖的水穿越地下溶洞而来，深邃清幽，经久不息。

大段大段的黛色充溢着我的眼睛，在长湖，我度过了一大段松弛散漫的时光。

八、阿着底

我一直希望，两脚实实在在地踩在泥土与大地上。因此，我格外喜欢那些朴素自然的东西，庆幸的是，在云南，我总能与这样的场景不期而遇。

在彝族人的语言里，阿着底是有山有水的好地方，可以说，长湖周边的每一个村庄，都是“阿着底”。这些村庄因为雨水充沛，因为避开了温差和风蚀，因为终年阳光充足的驻留，更因为彝族传统习俗客观上对生态的保护，山里溪水长流，植物丛生，四季常绿，彝族就在这里与山脉大地相融相汇。来到这里，人经常是手足无措的，这里是大人文、大风景和大地貌荟萃的一个点。

有幸赶上一场斗牛，然后是摔跤。在石林，这两项历史悠久的竞技运动如今早已声名远播，每年都吸引着不少外地人的眼球。

斗牛场在山间的一块大平地里。我们去的时候，斗牛场上大三圈小三圈围满了人，斗牛场外围，小摊小贩的叫卖声不绝于耳。斗牛拼的不仅是牛，拼的更是主人的眼力和财力，一头斗牛价格从几万元到几十万元不等，因此，相对于普通牛，斗牛们能够享受到不少牛家族从来没有想过的美味，鸡蛋、面条、红糖、植物油，不少牛每月的伙食费都在两千元左右，而有幸成为牛王的，除了无上的荣耀，更会为主人带来丰厚的奖金，因此，现在的斗牛已经成了一个新的产业。

不过，看着那血淋淋的格斗场面，心中不免惊惧不已，每每为牛的命运神伤，于是开赛不久我便早早离开了赛场。

摔跤场在村中的小广场上，彝族人尚武，崇拜英雄，摔跤场上的大力士肩上都要披挂上丈余的红布，以示荣耀。我不得不承认，这是一个能让视觉与心灵都达到极致的地方。

摔完跤，晚上的篝火边必然会响起滚烫火辣、激情飞扬的大三弦。彝人们载歌载舞，谈情说爱，宣泄着热情和力量。清澈的嗓音，有一种天然的风情。

大三弦完全是古时生活的再现，那欢快的打跳、翻腾挪转无一不是刀耕火种的产物。他们从远古起就一直被歌舞浸润着，生活中的任何意象均能入歌入舞。或缤纷，或粗粝，莫不原汁原味，有一种欣欣向荣的力量。

在噼啪的火光中，一群姑娘穿着绣花霓裳围在白天的大力士旁跳舞，麦子色的肌肤被篝火镀了一层好看的光晕。

她们的美是山泉水滋养出来的美，健康、茁壮，自然而然。

阿着底彝族姑娘的服饰极为艳丽，缜密的心思完全集中在腰带和头饰上。包头用五彩布织成，彩虹一般，上面钉满银泡，熠熠生辉，帽子两旁插着三角形的绣片，称为“蝴蝶”，充满野性的俏丽与妩媚。眼前的这群姑娘，瓦蓝的棉布上面绣着活灵活现的花朵，仿佛田边地头随手摘来撒上去一般，一袭素黑的曳地大摆长麻裙，有着一种说不清的风情。而麻布的制作颇为复杂，剥麻、洗麻、绩麻，然后才能纺线，又经过倒线、理线等费时的过程，才能开始织布。想想她们日复一日穿针引线的功夫，心中不免肃然。

撒尼人的大三弦有着强烈的地域色彩：飞花，流云，树木，青草，群山，牛羊，蜜蜂，溪流，庄稼，节气，打情，骂俏，内容的广袤与丰饶却是很难说清的。唱歌跳舞对于彝族人而言完全是天赋本能，因此，他们可以毫无由来地开始，也可以漫无目的地唱跳下去，谁知道呢。

彝族保留了完整的古歌，这些古歌大都从自己的栖息地追述到了祖先的出生地，包括甘青高原、横断山脉在内的广袤地区。

通过这些古歌，他们一直与祖先和故土保持着血肉相关的联系。从中可以看出，大部分人都是因为恶劣的自然环境、部落战争、饥饿、疾病而不得不扶老携幼开始漫长而又艰难的迁徙。通过古歌，彝族人一直保持着与祖先和故乡血肉相连的感觉。

九、撒尼人

长湖周边村庄的居民大都是撒尼人，彝族的一个支系，热情好客，淳朴憨厚。撒尼人的先民一直逐水草而居，同云南其他山地民族一样，狩猎一直是撒尼人自古就有的主要生活方式，一般在农历正月初二举行。以前，每次猎到的麂子总要被砍去前蹄，然后仔细地束上青松毛，最后才能小心翼翼、恭恭敬敬地请上供桌，称为祭猎神。如今，虽然祭猎神的日期和仪式都没有改变，但古老的生活方式已经变成节目被搬上了舞台，只能从乡村舞者那与土地一致的肌肤依稀辨认出他们就是昔日这片大地的猎神。

撒尼女子向以勤劳著称，天色微明之时，大部分男人还在梦里神游，而女人们早已把院子打扫整理干净了。天色渐朗，清晨的阳光和小鸟一起出现在屋顶的时候，早餐已经做好了，一大碗热气腾腾的面条或饵丝，汤里飘着红红绿绿的辣椒葱花，浓香扑鼻。与早餐同时端上桌子的，是一罐翻滚沸腾的浓酽烤茶，男人们吃完早点，再神闲气定地喝上一盅烤茶，便心满意足地出门，该上班的上班、该种地的种地去了。既不暴烈，也不挣扎，敞开自己，接纳对方是这些家庭真实的写照。

在所各邑村，一位精神矍铄的老人始终热情地陪伴着我们边走边讲，临别老人执意要留我们吃饭。我看见了世界上最美的一朵微笑，我被熠熠的眼神感动着，被一句句直白的话语感动着，那些埋伏在生命深处的错过、诀别、遗憾、失落，犹如眼睛里慢慢充满的泪水，漫过心田。

最终还是拥抱告别，走了很远回过头去，老人依然还在向晚的暗光里挥着手。

世道经历了很多磨难，几千年来，人与人之间的冷漠从来没有当下这么宏大，人与人之间的距离也从来没有像当下这样需要彼此带着体温的贴近，而撒尼人依然厚道着，接纳着，消解着。某种意义上，眼前的村庄让我想起了诸如救赎之类的汉字，我也愿意把它们看作鼓舞灵魂的图腾，岁月依旧，温暖犹在。

十、绣源

刺绣穿越千年的时光和烟尘而来。

我几乎注意过所有山地妇女的纺织和刺绣。那粗糙厚实的黑土布，那磨得穷自返本的木梭子，以及那一双双沾花点叶的女性之手，无一不是那种经过时光磨砺和淘洗的颜色。

在彝村，我目睹了一场惊艳的魔法，那是植物染制土布的过程。

一种开着白花的绿色植物被剪断了枝叶投入滚沸的锅里，一边加盐一边添火，经过一个夜晚的熬制，便可以得到鲜亮如树叶的绿色染料。要想得到土黄色，则用一种叫黄色的小果子熬制，熬制黑头草则可以得到墨汁般的黑色。每个人都有着属于自己的火候和秘方，因而得到的效果是千差万别的。

很长一段时间，我沉浸于这种神奇的魔法中。心底一直念念不忘，因而每次去石林，都会买上几条土法染色的刺绣围巾，无论鲜艳还是素淡都有一种异质的风情。喜欢手工，在我看来，它的朴素无所能及。喜欢靛蓝，由草脱颖而出的颜色，生动如光。

买了几个围腰头，请裁缝改成了吊带和通肩小褂，穿着宽宽松松的，原汁原味的质感，不艳丽，也不明媚，它的好就在于不张扬，不引人注目。其实我知道，它一直就在那里。

深苔绿，静默咖，穗芽绿，青岩灰，我是奢侈的，我的肌肤总能迎来一场又一场的盛宴。不同的花色、颜色换着穿，亦是漂亮。有时候，觉得红蔷薇的颜色和夕绿会使皮肤显得很白皙，有时候，仅仅是麻本身那种素白亦让我痴迷。

喜欢一切棉质的东西，纯粹而安静，且越洗越好看，每洗一次都会出现不同的颜色和效果，色差赋予了它们另类的质感。有时候，每件衣服都需要单独配色染色，有时候不经意间还会洗出斑驳的色块。

忽然渴望穿着一件撒满了花瓣的棉质绣衣，宽宽松松的那种，闲闲地坐下来，慢慢地烤上一罐茶，让我的唇齿弥漫着烤茶的香味，它们是我的味蕾永远不会抛弃的净品。

十一、大糯黑，小糯黑

大糯黑、小糯黑周围的山基本由石头组成，像一块块天上垂下来的灰毯。我相信，只有石头才是大地上最悠久的语言，只有石头才能体现不朽。我曾长时间地注视着那些太阳光下的石头，直到眼睛发烫。岁月就这样在石头上流动，没有人可以讲清楚生命和岁月的事情。

石头构成的古老村寨，石板房，石板墙，石板瓦，石板铺成的路。宁静与绚烂古老的石头房，是撒尼人世代生活的一个缩影。

寨中有一个大水塘，沉淀着有关糯黑的所有记忆，整个村子围塘而建。

在一座百年的老屋前驻足，石墙拙朴圆润，气势恢宏，所谓的亘古，也许石头才能证明。

在这个春天的早晨，我的手触摸到了糯黑与大自然水乳交融、周而复始的时光，触摸到了人们心底最柔软的地方。

石头随着风、随着云进入我的梦境，风蚀水浸都不会消散。

邂逅村后一片古树林，大糯黑的密枝节。

密枝节是大糯黑彝族又一个重要且只属于男性的神秘节日，一般在神圣的密枝林里举行。彝寨附近的密枝神林是方圆树木最茂盛的地方，只有男人才可以进去，其他人和牲畜是绝对不能进去的。象征密枝神的神奇石头被用红布仔细地包裹着，献祭时只有毕摩才能揭开。彝族人相信，由德高望重的毕摩主持，经过祭密枝、供猎神、送火神等周密庄严的仪式之后，大地必定会变得风调雨顺，五谷丰登。

彝族是一个相信万物有灵的民族，每个村寨都有密枝林，山神、水神、树神、石神、火神、牧神、寨神，不要说天地，就连风雨雷电、日月星辰统统都是神，万物都有灵魂，是不可以随便亵渎的。自然而然，这里就长出了铺天盖地的神话和传说。这些神话和传说承载了来自石头、土地和生命的记忆和质地，有一种异于汉文化的神奇之美。一个看到了万物有灵的民族是幸运的，他们的生活和心态一直处于我们的想象之外，我从这片红土地里看到了彝族人的别样人生。忧而不伤，生性豪放，彝族是一个歌舞的民族。在漫长的迁徙中，歌舞是他们生命中不可缺少的一部分，更是祭祀中最虔诚的表达与献礼。对于他们来说，蓝天白云是一首优美的歌，无垠的旷野则是另外一首荒凉的歌，孤独在歌声中一点一点褪去，生命也在歌声中获得了无限的拓展。那些属于遥远时代的歌声穿过悠悠岁月，弥漫在今天的阳光里。现在的彝族人过着半传统半现代的生活。一部分人依然住在古老的石头房里，部分摆脱贫困的人则住进了一幢幢或精致或简陋的小楼里。生活依然因循了古老的传统，依然笃信神秘之力。

十二、发块村

去发块村走岔了路，径直走到了圭山寺。

圭山是彝族人和苗族人的家园，圭山寺建在圭山北坡，又名圭镜寺，始建于明朝，是方圆周边几个县香火最为旺盛的佛教名山，每年农历三月初三前后，当地及邻县各族乡民摩肩接踵上寺朝圣祭祀。很多时候，人得依靠神的力量。

新修的大殿里有僧人在举行必要的仪式，就连门外的台阶上也挤满了人，就像地里堆满的土豆。仪式还没有开始，所有的人们都因了敬畏和渴望而安静。

专注赶路，一味地想着发块村，希望尽快抵达，无意关注太多的事物。

一个放羊老倌，尽管他的腿上有泥，但几只黑猪和一只黄狗还是前呼后拥，围着他跑来跳去。

他是一位大王，这片山林的大王，只需一个眼神，他的臣民就心领神会。

他径自吆喝着它们，转进一片树林，一晃就不见了。

一阵七转八拐之后，发块村便出现在眼前。

看得出，这是一个尚不富裕的村庄。村口，一位好看的女孩热情地招呼我进屋喝茶，浓浓的人情让人温暖。女孩在昆明打工，这几天放假便带着男友回老家看看父母。从女孩嘴里我们知道，发块村有 700 多人，除了老幼，大部分都外出打工了，这里靠近煤矿，所以男人很多都当了矿工。

世界每一刻都在发生着裂帛般的变化，发块村必然也会融入变化之中。

一场细雨过后，阳光迷离。女孩在家里吃过午餐后，便穿过村旁的田地踏上了回城之路。

在山地，人们对于摆脱贫困的渴望是那么的刻骨铭心。虽然日子平淡得像白粥，但希望不是形而上的，不是未来，就在现在，就在每一个周而复始的日子中，正因为有了梦想，才使得每一个平凡的日子充满了诗意的美感和诗意的忧伤。这里是圭山的深处，是与时尚隔离得相当远的世界，是滚滚工业化中一粒未被卷入齿轮的种子。大片的红壤漫不经心地闲着，等待着雨季的到来。

十三、宝泉寺

原本是奔昆明最南边的打黑村去的，经过宝泉寺的时候，一眼便被庄严恢宏的建筑所吸引，临时改变主意，先去了宝泉寺。

宝泉寺为明代广东惠州大居士杨黼之子庆山祖师所建，至今已有五百多年历史，历来被奉为大势至菩萨的应化道场，誉称“八宝世界，善往净地”，也是滇中集汉传、藏传、南传为一体的佛教名寺。

寺院周围青山绿水，阡陌纵横。入寺，所有的难以化解的破碎和喧嚣便已远去，心似水洗。

静心之余，为别具特色的建筑所吸引。

飞檐斗拱，华丽彩绘，木雕、石雕、生漆脱胎塑像交相辉映。令人叹为观止的观音宝殿，占地1500平方米，主体木材全部是红木和红檀木，端坐于大殿的千手观音造像，由整棵千年天香木雕刻而成，祥瑞高贵。

记得陪喇嘛华尔丹到宝泉寺时曾问过他：二十多年的寺院生涯，由一个小喇嘛成长为格西，最大的收获是什么？他淡淡地说：不断地学习管住自己的心。我微微怔了一下，时间的力量无坚不摧，有时候真的很难说，孤独与自由谁更好。

喇嘛华尔丹6岁出家到拉卜楞寺，这次专程到鸡足山拜谒了达摩祖师的修行之地后，又来到宝泉寺。

华尔丹的父亲当年也曾到过鸡足山朝山，不同的是，华尔丹的父亲是磕着等身长头一步一步从遥远的甘南走过来的，从第一年的春天走到第二年的春天，整整用了一年的时间。如今的华尔丹是坐飞机来的，在华尔丹看来，虽然行走的方式完全不同，但宗教意义上的传承是一样的。

十四、双河乡

出了宝峰镇，沿着柏油马路一路向南，不久，双河颇具彝族特色的彩色迎宾门便出现在蓝天白云下。

双河乡是晋宁两个彝族乡之一。三乡河与九村河穿境而过，故名双河乡。进入双河，房屋、围栏、广场上随处可见彝族的牛、虎图腾。

双河的森林资源极为丰富，每年夏天捡菌子是山乡主要收入之一。半个多世纪以前，这里是原昆阳内甸区政府的驻地，几十名共产党人的鲜血曾染红了这片古老的土地，著名的红色摇篮内甸区就是今天的双河乡。1999 年此地被云南省委、省政府批准为云南省革命老区。作为彝族之乡，歌舞自然是少不了的，其中最具特色的当数秧佬鼓。秧佬鼓又称花鼓，是一种祭祀性舞蹈，早在 2006 年，这种歌舞便被列入云南省第一批非物质文化遗产保护名录，双河乡也因此成为著名的秧佬鼓之乡。

在双河乡的一个小餐馆就座，我遇到了不少趁着春节大假来双河踏青的昆明市民。虽然不是每个人都能过上心满意足的日子，但清除身心里多余的东西确实是可以做到的。

选择双河，我们都是一致的。

十五、田坝村

来到田坝村，虽然山势依然森严，但景色却发生了根本性的变化，群山深刻的皱褶中村落明显多了起来。

远处有炊烟袅袅，天空白云飘飘，大地万物生发，开始了真正的春天。

伴随着万物生长，彝乡不期然进入了播种的季节。田间有人在唱着辽远的歌，歌声中有饱满的灵魂和宁静的心灵。当然，人们歌唱并不仅仅是因为欢乐和需要表达，很多的时候，为的是赞美大地。

田坝村是双河乡的一个自然村，2003 年 9 月被住房和城乡建设部、文化部、财政部列入第二批中国传统村落名录。然而，作为古村，田坝的老房子并不多，一部分富裕起来的村人在原来的老宅上建起了更加宜居的新房。安详的气质里面有着截然不同的现代结构，让人感叹它们怎么可以结合得如此珠联璧合。追求更加舒适的生活环境是每个人本能的需求，一成不变未必就好。

坐落在村子中央的一座老寺据说已有两百多年的历史，现存的寺院是今年重新修缮的，如今，除了礼佛祈愿，这里也是老年人活动的主要场所。

门外，有老人悠闲地晒着太阳。

进到寺里，十多个老人在院子里正伴随着彝族调子跳着一种隆重的舞蹈。休息的间隙，一位八十多岁的老人告诉我，这就是著名的秧佬舞，原本是祭祀的舞蹈，现在更多的是一种自娱自乐。时间是一座恢宏的城堡，只有屋顶的瓦松和斑驳的老树无声地见证着古村和老寺曾经的沧桑与辉煌。

每个地方的建筑之所以源远流长，必定有其存在的理由和与众不同之处，田坝村不过是众多幸存下来的古村之一，何至于让我专程来此呢？衰老，斑驳，大多数的门窗虽然依然保留着原来的模样，但经年累月的擦拭，尘埃拂去，岁月安详。彝族是个崇尚传统的民族，盖房子是彝族人一生中最隆重的事情之一，自然也是绝不会马虎的，因此，即便是把老房子拆了重建，也依然是传统的“一颗印”样式。

光阴荏苒，不论承认与否，时尚、潮流不可避免地要渗透到每个人的生活和精神中，非要把眼前的一间老屋看作是坚守传统的象征是不足取的。我理解，所谓的坚守，更应该体现在精神和道德的层面上，所谓的回归，更应该指向精神层面的回归。

我再次意识到仅仅看到山村古朴传统的一面是狭隘的，不应该的。文化的传承与进步，首先体现出来的就是复杂性、独特性、多样性，应该承认，所谓古老的生活早已一去不复返了。

十六、夕阳

夕阳，晋宁大山深处的又一个彝族乡。

夕阳深山藏宝，因境内发现了 600 多个恐龙足印化石和多架恐龙骨骼化石而被誉为“恐龙之乡”。广袤的山地和植物都在春天的阳光里呼吸、吐纳，山冈上，恐龙呈凤足状的蹄印映照出三叠纪时期的光辉。

史前的秘密，恐龙的身躯，注定要由一个 12 岁的少年掀起，历史注定要记住江文涛这个名字。1987 年夏天，当他和伙伴们又一次漫游在冈上的时候，忽然邂逅了一副巨大的骨骼，后来被确定为夕阳乡的第一具恐龙化石，随后，另外 13 具恐龙化石接踵而至，其中一具新种类恐龙化石被命名为“中国双嵴龙”。双嵴恐龙目前世界上仅出土了两具，一具在美国，另一具则在夕阳乡。

目前，夕阳乡的大夕阳村、小夕阳村、小河坝、木杵榔、木柞、保安、新山、丫租、鲁祖已被确定为昆明市级古生物化石保护区。

这里是进入恐龙时代的隐秘路径，拂开时间的帷幕，迷宫呈现在眼前，我看见了密林，我看见了苔藓，我看见了枝蔓，我看见了稻谷，我从一片蕨类植物中看见了时间的短暂和邈远。

随处可见的裸露的活力，既被山接纳，又为时间所融。或匆匆走过，或徜徉其间，对于我来说，都是一种心灵的长旅。

十七、木柞村

撇坡村、小荒川、新桥村、椿树营、双河营、渔塘村、干河村、料草坝、老江河、大绿溪，已记不得经过了多少个村庄、多少道山梁，太阳扫过山腰的时候，木柞村才出现在眼前。

远远望去，村庄呈半月形散落在山坳里。

村口问路，一位老阿妈执意要送我一捧刚从山里采摘来的野生金银花。阿妈说，虽不是什么稀罕东西，但城里未必寻得到呢。见我推辞，阿妈很坚定地说，拿着，金银花清热解毒，泡茶时顺便放一两朵，又香又解渴。

浓浓的情意包裹着土舂的墙壁、穿榫的屋架，那种愉悦，从一根手指传向另一根手指，抵达心脏。

木柞村建于清代，房屋与土地的颜色一致，沉默，木讷，古朴，有着强烈的神秘色彩。虽然大多数的门窗已经衰老得满是尘埃了，但依然觉得老墙在生长，在最古老的时间里闪烁、荡漾。

恐龙足迹在村民眼里就是仙人足迹，早先，每逢村里的老人故去，村人一定会寻着山沟石头上的足迹送老人回归大地。即便是今天，村民们对此也是深信不疑。

虽然我从不轻易赞美乡村，虽然乡村的贫困和垃圾曾让我恐惧，但眼前的木柞村依然让我感觉到温暖和松弛。

现在是春天，我从家里出发，两个小时以后就坐在了木柞村的春光里，气定神闲地喝着来自山野的金银花茶，这样的时空转换，真的很奇妙。

十八、一字格

村委会的民事调解员鲁开尧大哥告诉我，一字格是彝语“有马鹿的山脚”。

山野里的花朵开得轰轰烈烈，从木柞村到一字格的路上，至少遇见五六伙养蜂人。这些追赶着鲜花脚步的人来自遥远的东北，每年冬天把蜂箱运到这里的山谷，任由蜜蜂们餐花饮露，养精蓄锐，来年夏天才回到北方，周而复始已经十多年了。

一字格现有 135 户 398 人，是云南省民委重点打造的民族文化示范村，也是茶马古道经过的歇脚村庄。村里彝族民居保存得十分完好，多数建筑是“四合五天井”“走马转角楼”的形式，两院前后叠合组成，前有照壁，内有天井，两边有厢房。2015 年，一字格村入选了第三批中国传统村落名录。

到一字格原本是要拜访一对民间器乐老艺人的，不巧夫妻俩临时有事出门去了，心中不免遗憾。刻意，有时候真的很徒劳。至今一直未能相见，心中不免总存着美好的期待与念想。

很羡慕村人那种心灵的安然，山地的居民从来不缺耐力和毅力，总把好的一面捧出来，即使生活已经到了无可去处，也依然盛得下歌声和笑声。

十九、打黑村

打黑村是昆明最南的村庄，相对应的彝语是“有猴子的地方”。

漫溢的森林，黛色的山峰，一片片松林漫过眼前，转眼又换成了杂木林，桃树，梨树，杏树，柿子树，板栗树，熠熠发光的叶子，野菊花，杜鹃花，各种叫不出名字的花花草草。

山洼里跑来跑去的鸡们，翅膀一振，便飞到了树上。很多的小鸟，那么快乐，在屋顶，在田间，在树丛，飞来飞去。

总能遇见四散漫游的羊群，很长一段时间，我着魔般喜欢这种目光温柔、活泼好动的小生命。

到打黑村已是日落时分，看着在暮光里有些模糊的村庄，竟有一种赶赴千年约会的感觉。晚霞暗淡成瓦黑，这个过程是奇妙的。

建于元代的打黑村，静静地矗立在晋宁最偏远的南部大山里。保留着浓郁的滇中建筑特色，鱼骨状的街巷格局，则是典型的彝居。

这里的彝族人自称“尼苏泼”，祭龙、祭山神在每年的重要时刻都会如期举行。

土地，记录着每一个周而复始的黄昏，一如这里的宁静，而宁静总是让我着迷。

有时候，我会在一面面老墙前不合时宜地发呆。这些时间之蛊，它们究竟想说什么呢？也许，万千真相就隐藏在这些尘埃里，这种感觉让我惊心不已。而这些陈旧的色彩，很多时候却把我引向诗歌的词语，无边的想象从里面生长出来。

因此，拍了很多图片，每次重新翻开，喜欢的感觉依然强烈。心意一直存在着，那么珍贵美好。

二十、团结乡

说起团结乡，不知道的昆明人几乎没有，到团结乡去晒晒太阳，品品农家菜，进果园摘一筐苹果或是一兜草莓已经成了很多人周末的首选。

我也一样，去团结乡踏青早已成了一种习惯。记得第一次去张大妈家的农家乐，家里只有张大妈和老伴与一个招婿在家的女儿，我们的出现让老人多少有些兴奋和慌乱，尤其是张大妈，除了忙进忙出为我们端茶递瓜子，还把洗过的碗用开水烫了又烫。那天，她坐在院子里，眯缝着安详的眼睛，一直看着坐在她跟前大快朵颐的我们，像一只护仔的母鸡满意地盯着它的仔们一般。忽然有了一种想贴着她的感觉，就挪过去，靠在她的身上。那样的时刻，就如我小时候一样。

后来就总去他们家，不知不觉十来年就过去了，两位老人的身体依然健硕，他们的农家乐也由原来的平房小院变成了别墅式庭院，胶片般记录着团结乡的发展和变化。

团结乡是昆明森林最茂密的地方之一。当穿行在那迷宫一般的森林中时，我听到了种子落进地里的声音。那天早晨，当我穿过城市来到这里，迷离中忽然与一片辽阔的向日葵相遇，一片湿漉漉的矜贵的黄色在高原的晨风中摇曳，至今依然记得当时内心的明媚与惊喜。

很长时间，向日葵的金色溢满我的眼睛。

团结乡以彝族、白族和苗族为主，虽然外面的习俗不可避免地开始渗透到乡村的各个角落，但土著们的生活依然坚守着传统的道德体系，朴素、节俭、诚实、互助依然受到广泛的赞誉，人们依然波澜不惊地分享着每一个晴天或雨天，担当着日常生活的喜悦和灾难。

有风阵阵吹来，犹如这些平静的乡村生生不息。

二十一、乐居村

十多年前，团结乡的朋友老刘曾带我去过一次乐居村，拍了一组古村的照片。虽然当时他并不明白我为什么对美好的风光视而不见，却偏偏对这个破旧的村子感了兴趣，但他还是很耐心地带着我和老存去了。

那时的团结乡以采砂为主，几乎家家户户都有一两辆东风大货车，不分白天黑夜地把这里出产的优质石英砂运往昆明的各个建筑工地，以满足这个城市大干快上的城市发展需求。

富裕起来的人中就有不少是乐居村村民，不少人选择了搬离村庄重新起房盖屋，也有不少人主张干脆把老房子全拆了，重新建盖新房。只是大多数人对拆迁的事并不积极，古村因此幸运地保存下来。

其实当时我并不知道这是一个古村，朋友也仅知道自打祖上的祖上这个村子就存在了，当时之所以拍下它是因为它的周围即将盖起砖房，从摄影的角度说，穿越亘古从四面八方涌来的光就要消失了，它将独坐在暗淡里，这是所有幸存老房子的宿命。去的次数多了才渐渐知道，这个彝族人的家园出现在 600 多年前的元末明初，依凤凰山而建，80 多幢土基房依次从山脚往上铺开，像一把稳稳当当的太师椅。“上有天池，下有地海；左狮右象，七星伴月亮”是乐居村的真实写照。拂开时光的尘埃，我看见了当年的乐居村：龙潭、护寨河、老宅、石板小路。

现在的乐居村以保存完整的“一颗印”建筑闻名，而大部分的村民都已搬迁到周围热火朝天的世界里去了，曾经的繁华与风情早已随着破败的墙壁被埋入土中。此刻，它仍是一朵盛开的古莲，端坐在光的安详里。

二十二、谷律乡

在这个以花椒著名的彝族人的村庄里，我看见了一只木臼。

这只木臼来自一个路边的小饭馆。它的主人刚刚用它为我们舂出了一盘花椒辣子蘸水，空气中弥漫着花椒特殊的气味和胡辣椒的香味。

路的右边是山，自然的本来面目。左边是几块水田，上面有绿色的秧苗，长满青苔的小水沟。

听见声音，门口出现一位老母亲和一个六七岁的小姑娘，一动不动地盯着我们。小店是那种简陋的小平房，水泥的灶台油腻黑亮，品种也非常简单，只有米饭、洋芋、瓜尖、小米辣、白菜和本地的土鸡。我们点了米饭和花椒鸡。老母亲是农村中常见的那种老妇，话不多，识字也不多，不关心改革，却精通日常生活。

小店是她儿子开的，她帮着煮煮饭，炒炒菜。小女孩是她的孙女。

老母亲朝灶塘里拨拉几下，添进几根木柴。金黄的火焰柔软扭动，鸡汤的香味便从木锅盖里飘荡开来，花椒鸡是谷律远近闻名的彝族名菜。

虽然鸡是土生土长的山地鸡，但在谷律，著名的却是花椒而不是鸡。

花椒在谷律已有两百多年的种植历史，以颗粒大、味道香闻名，已经申请了农业部国家农产品地理标志。其实花椒树全身都是宝。早春，采摘带露的花椒嫩叶凉拌，绝对是不可多得的美食，用老叶煮水泡脚，具有除湿止泻和驱虫的功效。

这顿饭吃得我们满头大汗。饭后，忍不住又吃了一个煮玉米。

然后把这只木臼拿到外面的木台上拍照。

老母亲问："这也要照？"我忽然有些不好意思起来。

二十三、密马龙

密马龙是昆明最西边的村庄，一场春雨过后，种子们便争先恐后地挤出地面，草木繁盛得让我甚至没有勇气继续往前走去。这里四面环山，大山挡住了外面的习俗和语言，苗族同胞称自己的祖先是从贵州迁徙过来的。再走近些，村子里的狗就叫了起来，厩里的牛怯生生地抬起头来，嘴角沾着草，肚子上沾着泥。土坯房里一个接一个跑出如熊仔般健壮的孩子，脸一闪，又不见了。

有男人在喝酒、吹芦笙，有女人在舂碓。从清晨到黄昏，人们种地、煮饭，晒着太阳，打着瞌睡，大多数人都是一副听天由命的样子。

村里的老人说，密马龙是龙泉多的意思。如今，山冈上树木倒是不少，泉眼却罕见了。每年农历正月初一到十六之间过“花山节”，内容包括斗牛、农民运动会、文艺演出等，苗族村民仍保留着独特的习俗和服饰。

到达密马龙那天是个喜庆的日子，正好赶上小翠家“吃小酒”，即定亲酒。羊汤锅、黄牛干巴、清炖土鸡，食物的美好刺激着我的味蕾。

山间的小路上，不断有村民背着米、糖等礼物前来喝酒贺喜。脚步更迭，为的就是从现在的某一刻走到未来的某一刻，命运的种子将播撒在另一片新的土地上，花开花落，果实由青涩慢慢变得成熟，又一个女孩在不舍与兴奋中完成了生命的蜕变。

苗族先民古称“三苗”，居住在黄河中下游地区，较为流行的说法是苗族的先民自唐宋时期开始，不断从中国的黄河中下游逐渐向南迁徙到贵州、云南的山区，少部分向越南、老挝、缅甸、泰国等东南亚国家迁徙。“进山唯恐不高，入林唯恐不密”，是苗族人迁徙历史和生活现状的真实写照。今天的苗族人依然大部分生活在深山密林里，习俗也保留着祖先故地的痕迹，他们通过口碑相传的古歌记住了先人们在遥远的岁月里迁徙与生存的故事。

喝酒的间隙，村民潘大哥带着我穿过几片山地去看他养的40多窝土蜜蜂。土蜜蜂是当地一种身子格外纤小的品种，以耐寒抗病著称。蜂桶是用锯下来的树干挖空，两头用木片堵住，留几个小孔供蜜蜂出入，把它放在房屋的院墙外面，或挂在树上即可。总看见为数不多的蜜蜂从那小孔里进进出出，近些，依然看不见蜂房，只能听见某种细微的嗡嗡声，再近，我不敢，怕被蜂蜇伤。

不一会儿，潘大哥从柴草房里拎出一个用布蒙住的椭圆形的竹编大笼子，有些得意地对我说，这是他今天中午刚收来的野蜂，现在要把它们安放到蜂箱里，问我们想不想一起去看看，出于好奇，我兴奋地跟在潘大哥后面。到了新的蜂箱前，我远远地站住了。只见潘大哥从裤兜里摸出一个饮料瓶，仰着脖子猛喝了一口。我正纳闷，潘大哥这节骨眼上该不是喝口酒壮壮胆吧？只听“噗”的一声，潘大哥把满口的液体对着蜂箱猛喷过去，接着又喷了几口。见我不解，潘大哥说，他喷的是盐水，引导蜜蜂进箱的。说着，便径直把一柄大汤勺伸进竹笼子里，舀出一勺黑乎乎的蜜蜂不慌不忙地倒进了蜂箱。最后干脆倒提着笼底往外倒蜂子。仿佛印证潘大哥的话，地上的一堆蜂子竟然像着了魔一般，呼啦啦转眼便被吸进了蜂箱。记得拍摄时，我曾长时间出神地望着潘大哥那张无忧无虑的脸，以至于忘了按下快门。在我看来，这张脸的动人之处就在于他赋予了酷烈的山地生活贫穷以外的意义。

山谷一年四季都有缤纷花朵，潘大哥养土蜜蜂，每年靠卖蜂蜜有不少的收入。

几乎每家的地头都盛放着地涌金莲，这是苗家人寻常的蔬菜。晚上，酒酣饭饱的苗人们在小小的院子里对歌跳舞，而为这场欢乐的定亲酒掌勺的大厨就是曾经的合唱团团长。苗族人的嗓音天生嘹亮邈远，密马龙合唱团曾一度从山村唱出云南，唱到了央视的舞台上。

平静的村庄，并不富裕的日子，隐忍，朴实，缓慢。雨后的阳光斜了下来，冒着热气的屋顶荡漾着一种我熟悉的气味，这样的时刻无疑是自由和快乐的。我知道，我一直在心里寻找真正想要的东西。

对于山里人来说，很多时候，幸福就是生存本身。一切的烦琐都被删节，只留下最本真的颜色，山地人的坚韧把苦难发酵成了醇香的酒。古老的山地文化造就了一种人，他们的心，总是往宽处想。

二十四、那一汪新月

虽然寻甸有着诸如石板河、清水海、钟灵山、万亩草原北大营这些灵秀壮美的自然风光和多姿多彩的民族风情，但踏上寻甸的土地，我特别想说的还是这里的回族村庄和清真寺。

我分别去了易隆、塘子、羊街、三营庄、回辉村、鲁支本、柯渡丹桂村几个回族村和那里的清真寺。

易隆是那种典型的老街，窄窄的街道，纵横的巷子，木板的铺面，青瓦的屋顶长满了开着小花的瓦松。在过去的几百年来，这里是茶马古道上最重要的驿站之一，马帮在这里驻扎，商贾在这里云集。一代又一代，无数的村落、城池随着时间灰飞烟灭，无数的生命纷纷扬扬，来来去去，灵魂一次又一次地相遇。曾经的繁华已经沉寂，喧嚣与伤痕都已经成为过去，热切疲惫的脚步最终也变成了尘埃，只留下千千万万的马蹄在这条古道上踏出的无数深达几十厘米的蹄印。这些蹄印，昭示着百折不挠的信念。透过这些蹄印，不难发现那些经过岁月深深磨砺的坚韧踪迹，生命也因此而有了更广阔的可能和张力。

易隆最早是彝族人的居住之地，天灾人祸迫使彝族人不断地迁徙，如今回族和汉族成了这里的主要居民，只有透过“易隆”这个纯彝语，才能依稀辨认出彝族人早已远去的背影。2003 年，易隆被昆明市民委列为民族团结示范村。

塘子村因温泉得名，明《嘉靖寻甸府志》记载：“南谷温泉在府南四十里，有温泉，俗传浴之可以去疾。”现在的塘子温泉就是古时所称的南谷温泉。

塘子村清真寺始建于明朝初期，20 世纪初毁于乱世，现在的清真寺虽然几经修缮，但古朴庄重的风格依然。寺内大殿上最为称道的三块珍贵的匾额，分别是白崇禧将军题写的“兴教建国”，云南陆军中将马聪题写的“唯一唯精”，云南陆军少将马德明题写的“万殊归一”。

羊街镇不仅是寻甸的南大门，还同时拥有着两个寻甸之最：人口最多的乡镇和面积最大的回族村。一位妇女在小巷里卖着她自制的凉粉，一种当地的特色食品。无疑，眼前的生活以某种外在的图景带给我松弛和柔软。

回辉村里的清真寺，始建于清乾隆初年，距今已有 250 多年的历史。1935 年 4 月，红军长征经过此地，朱德、刘伯承曾亲到清真寺会见教长和回族群众。红军宣传员在该寺宣礼堂墙壁上留下了“红军绝对保护回家工农群众的利益”的标语，至今依然清晰可见。

“六甲之战”纪念塔是寻甸的又一处红色景区，位于先锋镇贾白山村，高耸的纪念碑见证着红军的艰难岁月和寻甸人民的付出与努力。感官依赖光线而存在，而照亮我视觉的光线，总是这些带有人情味、带有温度的场景。用光记录被腌制过的历史，是对时间的掠夺，可只有这种最简单的光的质地，才能长久地保存在我的记忆里。

对于我，视觉陈述是件困难的事情，只有不断重复，才能使心像明晰到能与己、与人、与时空说话。

丹桂村清真寺始建于清代乾隆年间，中式飞檐，对称平衡，方正规整，有大殿三间，两层耳房两栋，三层木结构无黏接全榫构件叫拜楼一栋，合围成一个方形院落，至今仍保存着完整、精美的清代雕花木门窗、清代功德碑等珍贵文物。

丹桂村是寻甸柯渡镇柯渡河边一个以回族为主的美好村庄，蓝天白云下，很远就可以看到“丹桂红军村”几个大字。举世闻名的中国工农红军长征曾两次经过这里。历史无声地记录下了这样一个伟大的时刻：1935 年 4 月 28 日，毛泽东领导的中央红军进入寻甸，30 日，毛泽东、周恩来、朱德、张闻天、王稼祥等中央领导进驻柯渡镇丹桂村，对抢渡金沙江作了具体部署。当晚，朱德总司令到丹桂清真寺与掌教阿訇亲密谈话，宣传党和红军的政策主张，此后，红军巧渡金沙江并胜利到达陕北。

红军村的出现是必然的，寻甸回族骨子里历来充满着浩然正气。早在清末，杜文秀的东征义军曾在这里与清军进行了两次大规模的会战。咸丰同治年间，回族人民的优秀儿子马荣再次举起了反清的义旗。如今，有着丰富的革命历史和文化内涵的柯渡红色旅游是全国红色旅游精品线路和 30 个红色旅游景区之一。

二十五、风情

喜欢彝族人那些粗犷的首饰，闪烁着另类的光芒。在一间铺子里，我买了一只纯银的簪子，手工一点一点敲击而成，暗存着手艺人的心意，丝丝扣扣，每个细节都荡漾着灵气，经常会停下键盘的敲击，用它给自己在脑后挽一个松松的髻。

我的手一遍遍地抚摸着那些银器，由此也认识了不少银匠。

禁不住诱惑，不时会请银匠为自己打制几件心仪的银饰，有时是对厚重粗犷的錾花手镯，有时是只造型古朴的戒指，心仪那种戴在手上沉甸甸的感觉，亦喜欢它的不完美。

岁月里，银饰一直伴随着我。我还收藏了很多银器，九龙酥油壶，酥油碗，来自波斯的手工簪花银盘。尤其喜欢银饰，黯淡的色泽总让我倾心，一任时光染上尘埃的颜色。

据说银有鉴毒、消炎、杀菌、防腐保鲜、祛湿、净化水质六种功效，所以一直念念不忘。在我的梳妆柜里，各地淘到的银饰已经多到了让闺蜜眼红的地步。一件喜欢的银饰，犹如一场美丽的邂逅，至今记得那个 40 多岁的手艺人，话不多，默默干活的那种。见我喜欢，便随手递了一个镂花的吊坠给我，微微一笑说："花开富贵，意思好得很。"当时，我并没有注意到它的花纹，只是被那种古朴和手艺所深深吸引。"花"与"华"谐音，在银饰发展的历史长河中，银饰并不仅仅是一种装饰，更表达了人们对美好生活和幸福的向往与祈诵，在禄劝，银匠们都喜欢选择这类吉祥的花样与图案。随手把一张碟放进光驱，盘坐于毯，镂花的银坠，开始一场无声的视觉盛宴。

喜欢有岁月感的东西，收藏的纯手工的银饰、绣片，高超的技艺，一气呵成，令人叹为观止。夏天，配上简单的 T 恤，尽是风情，冬天，作为毛衣吊坠，亦很特别。明朗，汹涌，激荡，惶惑，艰难，黑暗，裂纹，都已经不再重要。

喜欢素未谋面，喜欢陌生的感觉，相信在连接着过去时光的巷子里穿行，自然会拥有真实的世界，很多看不开的东西自然也会放下的。对于我来说，有足够的诚实善良就可以，鲜有精力去计较太多的事情。

二十六、草海子溶洞

到禄劝中屏不可避免地要说到溶洞，这些大地上活着的石头，寓意着自然和生命，它的斑斓深藏于大地的深处。我格外看重在“新”的表象之中蕴藏着的“旧”，一如眼前这些在地下隐修了千年万年的石头，以沉默的力量与喧嚣的世界对峙着。这种静静的对峙，诱惑着各路探索者前赴后继地去寻找属于自己的心灵宝藏。

现实生活中，我是个严重缺乏方向感的人，开车与走路经常不辨方向。果然，才进溶洞，我就一头雾水，不辨东西南北了。这是一个由石头组成的世界。远古的浑厚里，至今有着谜一样不为人知的神奇故事。迷宫般的地下水里，居然还有鲜活的生命存在，比如盲鱼。还好，里面那些被冠以各种名称的石头，非常适合发挥肆无忌惮的想象力。

我喜欢溶洞已经有很长时间了，一个小小的愿望被我藏了很久。小时候，在温暖摇曳的灯光下听母亲讲故事，印象最深的是阿里巴巴的故事，偶尔母亲也会讲讲鬼故事，在母亲看来，人的贪欲造就了许多罪恶，因此，她所讲的故事都善恶分明。生命的开端，自然的灵性，传奇的迷宫，不可思议的是，无论她讲什么样的故事，我的想象力总会把它们的背景移植到溶洞里。上学后我看的第一本大部头书竟然是《天方夜谭》。我幻想着自己也能够拥有山鲁佐德的智慧和美貌，也能一天讲一个故事。多少个寒冷的冬夜，我蜷缩在小小的被窝里，满脑子充满那些羞涩、神秘而纷乱的想象，我被这些想象激动着，年轻的触须总想抚摸溶洞里那些变幻莫测的石块。是的，想象让我的心长上了翅膀，看到了远处的光亮。于是就有了一种想要表达的强烈欲望，它们共同构成了我最初文字中的绚丽与故事。从这个意义上说，我应该感谢溶洞，它让我的想象力抵达任何想去的地方。

如果把世上的溶洞都拿过来比较，就会发现中屏的不同之处。这里是边疆多民族融合的斑斓之地，彝族和汉族共同构成了这里的主体民族。谁也不会否认现代社会中人与人之间沟通的艰难，这种艰难不仅仅来自文化和语言的隔阂，更来自心灵与价值观的隔阂。但中屏不是这样。在这里，民族团结、和谐发展绝不是一句空话。不同习俗的人们一直过着唇齿相依的平静日子，岁月静好，果园与村庄，树林与牛羊，河流与鸭群，所有的一切都干干净净。这与他们美好的传统有关，与他们共同信仰的和平有关。他们以顺应自然的方式过好每一天的日子，木耙，连枷，纺车，梭子，木臼，木桶，木锅盖，一样也没有从大地上消失，至今依然是他们主要的生活用具。珍惜土地，勤勉耕种，舍得往红土里下大力，大地在他们日复一日躬耕的劳作与智慧中长出了实实在在的禾苗，那样的身姿是值得永远敬重的。

在人与自然之间，人究竟应该如何选择？对于我来说，到草海子的意义不在于松弛神经和心情，而在于看到人与大地、人与石头共同构成了当今的某种真实。

好山好水是中屏的另一个标志性的特征。目光所及，山水皆通透明澈。我敢说，在那大片的绿色里，顺手掐一把都是上好的野菜，随手拔一棵，没准就是一味草药。

云南松，水冬瓜，青冈木，棠梨树，麻棵，青刺尖，苦刺花，杜鹃林，山茶花，大片大片的庄稼地，我想，我的眼睛也一定变成了一汪碧绿的色彩。这些色彩，把季节推向了大地最深的地方。

草海子溶洞的发现开发虽然刚刚起步，亘古的滴水石却早已穿越了千年，虽然众多鸟儿依然在林子里婉转，溪水依然在山涧里流淌，白云依然飘过湛蓝的天空，牛羊依然静静地伫立在山冈，但草海子已经实实在在地搭上了时代的快车，朝着与过去相反的方向驶去了。潮流所向，人的力量确实非常有限，唯愿草海子能够一如既往地传承着精神深处清澈如水的质朴与文明。

二十七、三江口温泉

出了草海子溶洞，沿着陡峭的盘山碎石路继续往前走，便到了普渡河、洗马河、九龙河的交汇口，一个以温泉著名的小山村黑勒白村。

温泉、峡谷、溶洞，一线排开，村边是一条黛色的河流。两岸雄奇的山石，向河水朗诵着自己。侧耳聆听，头顶一群斑鸠掠过。三江口温泉因普渡河、九龙河、洗马河三河的交汇而得名，河段内共有大小温泉出水点三十多个，最神奇的是，河的左岸遍布温泉，右岸却完全是冷水，冷暖泾渭分明。

普渡河沿岸有着丰富的温泉资源，每逢节日，两岸的村民便会举家带着铺盖、炊具来到河滩，沐浴野炊，祈福养生。

我热爱那些循着生活与自身节奏做力所能及事情的人们，敬佩他们鄙视庸常幸福的勇气，世事艰辛，依然能够看到安慰，依然能够拿出自己最好的，去贴近每一个具体的日子。

对于我来说，这是一个神奇的时刻。终于可以像土著一样，在蓝天白云之下宽衣解带，融入自然。硫黄的奇香飘荡，它们是我生命历程中的净品，注定要在这一个时刻与我相遇。

所有隐藏在身体里的秘密，在氤氲的水中醒来。

二十八、撒营盘

到禄劝撒营盘并没有想象中简单。虽然这个以彝族为主要民族的小镇距昆明只有 160 公里的路程，但也正是这种“不简单”，让这个群山中的小镇充满了诱惑。

出了禄劝县城往北一拐，很容易就找到通往撒营盘的公路。过了几个村镇，山连着山，有河水流过，有干草堆，有松毛垛，有满地乱跑的鸡、猪、狗，以及光着屁股玩耍的孩子。森林，山村，庄稼地，牛羊，看家护院的狗，不时闪过几个面容冷峻的彝族人，以及捻着线团的苗族人。

到达撒营盘的时候已经是下午三点多，同去的老存有些无奈地望着我，看得出他是真的饿了。

选了一间临街的饭馆坐下，迫不及待地点了汤锅羊肉。洁白如牛奶的汤里加入羊各部位的零件，再顺手撒上一把花椒，吃得我们满头是汗。撒营盘汤锅羊肉的绝处在于完全按照彝族吃法，将整羊连头带脚外加杂碎分解成若干小块，用大得有些夸张的铁锅一次煮至刚去血水，搓一把本地产的辣子花椒调一碗浓蘸水即可食用，样子不敢恭维，那味道却是好得没法说。

撒营盘矗立在禄劝中部的群山之中。在撒营盘，不能不说到自称为“纳苏颇”的黑彝族，一个以黑为贵、以黑为荣的民族。彝族是禄劝的世居民族，自殷商时代就活跃于金沙江两岸广袤的土地上，那时候，原始宗教盛行，芸芸众生通过毕摩与自然，与祖先，与鬼神对话、交流、沟通，甚至触摸、对视，并从中获得鼓舞和信心，即使到了今天，他们依然顽强地保留了自己的部分习俗，行善和宽容是人们的基本信义，长幼尊卑、接人待物都非常注重礼仪规矩，不守规矩的人必然会受到唾弃和鄙视。走在乡街子上，常常会遇见那些高鼻大眼、穿着绣花对襟短衣的男子，以及那些面容姣好、服饰艳丽雍容的女子。他们健康而朴实，在冬日的阳光下，皮肤泛着釉一样的质感，怎么看都油彩光亮。其实，许多好的东西完全不必说，就像生活在撒营盘的人们，安安静静地过着，活着，多好。

冬末的禄劝山地，在田垄与村庄、天空与山脉之间，断断续续的青苗与暖洋洋的太阳交相辉映，大地到处洋溢着一种辉煌的金色光芒。各种各样的绿色依然构成了一场视觉的盛宴，就连夜里结冰的小河里都铺满了绿汪汪的水苔。

天空瓦蓝瓦蓝的，庄稼早已收割，苞谷和麦子干燥的秆茎被码成一个个高高的垛子矗立在村边，构成了撒营盘乡间特有的风景，再走近些，便能感觉到那种草堆特有的味道和乡间特有的慵懒。很多人家的屋檐下挂满了黄灿灿的苞谷，让人心里很踏实，但广阔的田垄上，却很空旷了。

偶尔一群山羊跳出来，羊倌披着自制的羊皮褂子或羊毛毡子跟在羊群后面，路遇时，只默默地同你对视一眼，便匆匆赶着羊群沉入了大地。也有散落在山间啃食青草的羊群，羊倌早已把鞭子丢在一边，喝着山泉，吃着烤荞粑粑，然后再慢慢卷上一袋烟，舒舒服服地吸上几口。

若是女子，则从挎包里取出针线，气定神闲地绣着彩衣，或用麻线纳着鞋底，哪怕只是一双鞋垫，她们同样会画上繁复的花样，绣得有滋有味。在撒营盘，除了猪，山羊就是主要的牲畜，也是很多山民主要的生活来源。

年复一年，在大地上耕作和放牧，始终是这里大多数居民的首选。全镇十一个办事处除了尚德、卡柱、美能、撒老乌、三蒙几个办事处分布在丘陵地带的撒咪坝子，其余全部分布在山区、半山区，粮食作物以玉米、小麦、豆类为主。人们从容安分地生活在这片山地上，世世代代与大自然和睦相处，没有现代社会的喧嚣和嘈杂，只有农耕生活的简单与艰辛。

发源于马鹿塘乡对车的掌鸠河在这里被称为石板河，这条河不仅给这片山地带来了部分可耕种的土地，更为百里之外的省城昆明解了缺水之急。

努力，并安静地生活着，一直都是这样。

城市里纷乱的思绪，到了禄劝的撒营盘竟戛然而止。天地之间，田垄与村庄之间，随处可见或大或小的教堂，高高的十字架矗立在蓝天之下，一阵直抵心灵的歌声从阳光下的教堂里传了出来，正午的阳光布满了大地，耀眼迷离，而纯净的唱诗声已经穿透了阳光，弥散在有些发热的空气中，并随着阳光一起涌入了山冈、河流、村庄，直抵人的心房。

庄重与神秘，诡异与豪放，对我而言，撒营盘一直有着一种难以言说的诱惑。

毫无疑问，开端一定是那些大大小小无所不在的教堂和教堂里面那些安详的人们。很多次了，我站在那些如绳子一样的田埂上，久久地看着那些散落在村落和道路边的教堂。生命中那些安详美好的瞬间是那样的令我感动，我也曾长时间地默默注视着那些走向教堂的人们，一任那些安静的灵魂如花儿般而来，安居在我心的土地上。

一座、两座、三座、四座，极目所至，我认真地数过那些教堂，到底有多少座呢？我始终难以得出个准确的数字，后来问了昆明基督教三自爱国运动委员会会长张牧师才知道，仅撒营盘镇就有80多座教堂，在并不富裕的撒营盘，这确实是一个令人难以置信的数字。

虽然教堂的建筑大都是简单的砖混结构，但高高矗立的十字架依然使它们很容易就与周围的环境区分开来。

这是一个寻常的礼拜日，也是撒营盘的赶街天，所有的街道全是此起彼伏的叫卖声，多种气味在此济济一堂，交换着一种乡村特有的气息。与周围喧闹滚烫的气氛相比，庄严的教堂显得犹如俗世中的孤岛。信徒们穿着整洁的衣服，挤过人头攒动的乡街子拥向教堂，这是他们心灵的驿站。与那些邋遢的醉汉相比，他们显得有些鹤立鸡群。很快，华丽悠扬的钢琴声伴着唱诗声像一片片花瓣纷纷扬扬地飘了出来，洒在人们的头上、身上。

那个正在教堂台阶前卖老鼠药的小贩刚喊了一句“老鼠药老鼠药，鸡吃鸡不活，鸭吃鸭跷脚”，便如劣质的录音机卡了壳，毫无过渡地哑了。他顿了一下，张了张嘴，似乎有些不甘心，但终于还是没有再喊出声音来。作为掩饰，他硬是从喉咙里挤出一口痰，“叭”的一声吐在了地上。

我在教堂最后一排找了个位子坐下，听着原本属于西方的教堂音乐从身边这些说着民族话的彝族人口中传来，自有一种不一样的韵味。信徒几乎全部是穿着民族服装的彝族人和苗族人，间或有一两个汉人。牧师的祷文湿润而充盈，犹如涓涓的溪流，缓缓地流进每个人的心田，很多人流下了眼泪。

我的前排，正对着一个手捧《圣经》的老人。她已经很老很老了，老得满脸皱纹，她的手在微微颤抖，从她手的姿势来看，我相信她并不认识那本书里的字，但这丝毫不影响她的虔诚，她苍老的嘴唇依然发出了微弱的歌唱。慢慢地，她的声音变得断断续续，终于，她用手捧着脸，无声地哭了起来，眼泪透过指缝滴在膝前的经书上。

教堂的侧面，是一排小平房，有同样的声音从里面传了出来，像立于杯沿的一滴水滴，脆而幼稚的童声里有一种纯净的东西，那是一群孩子在唱诗。

这些孩子都在七八岁和十一二岁之间，眼神活泼而调皮。与其他同龄的孩子相比，他们除了要在公立学校读书，星期天还要来到这个唱诗班学习《圣经》。我不知道他们是否已经接受了这种微妙之中的意义，但无论如何，孩子们的眼神让我有一种干净的感觉。

20 世纪初，基督教开始出现在撒营盘信奉原始宗教的黑彝族中间，并迅速传播开来，教堂开始出现，由此开始了本土宗教和外来宗教的碰撞与交融，也由此出现了宗教史和民族史上最奇特的景观。彝族是禄劝的世居民族，早在殷商时期就活动于境内的金沙江一带。至今还保留着祭祖的习俗，缅怀是为了激励，腾空的烟花，仪式，神灵，我有幸目睹过那种被伤痛浸润过的壮丽。

与教堂相适应的，是一种平静包容的氛围，毕竟信徒仅仅是这个民族中的一部分。撒营盘大教堂的唐牧师告诉我，全镇 1 万多彝族人中，目前信徒有 4800 多人。对于他们来说，一天接一天地过日子，一天接一天地信奉着上帝，也已足矣。

二十九、乡街子

在山地，街子一般都只有直通通的一条，选择那种狭长开阔的山地，货物两边挨个排开，就形成了自然的街子。这天，年轻人早早就打扮一番，穿上鲜艳的衣裳，女孩大都穿着红色、水红色的衣服，小伙子一律喜欢冒牌的运动衫，时不时还能遇上几个把头发染成黄色的山村青年，醒目的黄发映衬着跟土地颜色一致的脸，构成乡街子上最独特的风景。乡村青年们在乡街子上套圈、掷骰子、看录像。

已经可以嗅到乡街子济济一堂的味道。很多居住在远山里的人们半夜就已经起床，一直沿着那些凸凹的山路走来，下了好几场雨的大地上，飘荡着潮湿的气息，满天的繁星荡漾出时间的幽暗。到街子上交易，是山地居民的盛宴。平日里，他们的生活仅限于沉寂的山谷。每天，当洋溢着稻草味的炊烟飘尽以后，男人和女人就开始从寨子里往外走，到对面那座山上的苞谷地或茶叶地里。

除了街子天，这里是一个极安静的村庄，朴素、简洁、缓慢。

散发着木味清香的长房，蓝得心碎的天空，绿得冒油的树木，邮局、汽车、网吧、玻璃、广告牌，一样也不存在。

乡街子是我的必往之地，不宽的水泥路面，新房老房彼此照应，通往大牲畜市场的路被不断地马踏牛踩显得有些泥泞。街子上平日里人并不多，大多数人都到地里干活去了。在山村，很少有人舍得闲着。出外打工的人也不少，留在家里的以老年人居多，不时会碰见一两条躺在街心烤太阳睡大觉的狗，有人从旁边经过，连头都懒得抬一下。

偶尔会从某扇门里跑出一两个学龄前的孩子，嘻嘻哈哈地打闹着，穿过一条小巷，脸一闪又不见了。随便走进哪一家，熟络起来以后，不免会听到不少牢骚，老人一般会埋怨物价越来越高了：以前一碗凉粉也就两块钱，现在涨到五块，都舍不得吃了。背着小孩的青年妇女更多的是关心孩子将来的读书、家里的宅基地，等等，好在她们也就是碎碎嘴，不会太认真，最多是叹息一声。

抬眼望去，不远处的山林依然美丽葱郁，田野依然种满了蓬勃的庄稼，只是不知道留守的她们还能坚持多久，延续了几千年的农耕文明将向何处去。逢到赶街的日子就不同了，做生意的雨布棚上摆着各种糖果糕饼，热气腾腾的羊汤锅，各种大地上长出来的丰饶食物，人声鼎沸，熙熙攘攘，交换着来自山地各处的气息和信息，音响、彩电的声音通常都被开得很响，一场欢愉，在临时的背景中弥漫。

三十、乡村郎中

杨家杂货店的斜对面，是一间卖草药的铺子，七十多岁的店主赵老是个民间郎中，在这一带很有名气，除了绝症，赵老几乎是看一个好一个。我曾介绍朋友的妻子到赵老的药店看过病，那女子某日发现自己的乳房上骤然长了一个包块，惊惧之下连忙到医院做了各项检查，被确诊为乳腺纤维瘤，虽然医生告知没有生命危险，但除了手术，要消除瘤子也并不容易。从此，她踏上了遍访省城名医之路，中西医结合药吃了不少，瘤子却不见缩小，更没有消失的迹象。女子逐渐变得紧张而神经质，疑神疑鬼，心病大于体病，我便把赵老介绍给他俩。许是赵老的草药确实有独到之处，许是禄劝好山好水的滋养，夫妻俩每个星期都去拿药，两个月后，瘤子竟神奇地消失了。其实赵老看病的秘诀重在治心，相由心生，病由心治，道理是相通的。至于说到药物，赵老说，一点也不夸张，整座乌蒙山都是我的药库，我家从爷爷那辈人就在乌蒙山里采药了，好用的药大都长在向阳岩子缝里，即使是同一剂药，不同时间、不同地点采的药效都有很大的差别，每年秋季采的药最好，吸足了阳光的药力最足。以前山里随便都可以采到两三百种药，现在不行了，能采到的不足一百种，很多药都绝迹了。说到那些永远消失的物种，赵老沉默很长时间，他的话本来就不多，平日里，那些神奇的药香就是他的语言。

从沐浴的那一刻起，注定了彝族姑娘桂芬将用那纤巧的女性之手接过那些具有诡异魔法的药草。她将亲手调制它们，并让药香继续在彝族人的生命里弥漫。桂珍是赵老最小的女儿，卫校毕业后就一直跟随父亲学习彝医，希望能把父亲满肚子的经验传承下去。

彝医认为，天是一个整体，人是一个整体，人与天地是一个有着内在联系的整体，并据此理论把疾病分为风症、箭症、毒症、邪气、毒气、蛊症、尔症、麻风症、色劳症、虚劳症、月劳症、干枯症、闭症、崩症、霍乱症、麻脚症、缩阴症等症候，治疗方法也很独特，刮治法、割治法、挑治法、取治法，等等，神奇而丰富。

虽然乡里已经有了卫生所，但彝族人依然笃信彝医，对草药的神奇作用深信不疑，因而彝人们大都有采挖草药的习俗。

三十一、火塘

彝族人大部分生活在高寒山区，快乐来自于火塘和大地。他们从来没有离开过火塘，火塘在山与水之间，在浓郁热烈的身体之间，在怀旧与眷恋之间，在等待与守望着的彝族人心窝深处，火塘塑造了彝族人永不灭寂的历史。

火塘暗藏着一套神秘的语言，暗藏着每一个家庭兴盛和死亡的全部秘密。然而，随着安居工程的推广，随着人们生活条件的改变和提高，火塘正在消失，现在很多的彝族人已经过上了汉式的生活。毫无疑问，村子里的年轻人更愿意围坐在电视机前，围坐火塘边的习俗正经历着空前的挑战，作为背景的火塘正一点点退去。梦境就这样消散了，只留下木刻似的沧桑，消融着些许的无奈。

三十二、毕摩

毕摩自远古而来。在山村，毕摩是英雄，也是诗人，他们歌咏祖先，歌咏神灵，歌咏日月山川，而大地则是他们永远的诗坛。古老庄严的仪式告诉人们，一个民族的信仰肯定参与了其文化的创造。

一段时间的阴雨之后，阳光终于露了脸。毕摩将经书在太阳下摊开。

毕摩是村子里最有智慧的人，负责与神界沟通，他不仅能降魔除鬼，还掌握着村子里祭典法事、世系祖谱等重大事宜。村子里但凡有事，无论大小，都会请毕摩来做决断。毕摩的经书靠世代口耳相传。每一次祭祀都是一丝不苟，每一个细小的动作都体现着对祖先和大地的崇拜与虔敬。

大毕摩张从旺在这一带非常有名，80 岁的老人依然健硕。老人从小学习毕摩，10 多岁便开始独立做毕摩法事，新社会，毕摩法事被认为是迷信活动，老人也就不敢再操办法事，直到国家政策放开了，毕摩得以正名，老人才又开始重新拾起道具，做起了毕摩。悲壮、迁徙、战争、生存、挣扎、寻找、幸福、力量、智慧，人类全部的历史悉数经历。毕摩们的法事给我一种恍兮惚兮的空间感，一直以来，我对空间方面的东西非常感兴趣，空间的概念之于我是一种心灵的灵物，一种精神上的超越，从这个意义上说，宗教也是一种艺术。

张毕摩给我讲了大量灵异事件，他是一位受人尊重的毕摩，掌管着村子里驱邪送鬼的重大事情。神秘的事物是很难用理性说通的，我相信神秘事物的存在，相信每一个咒语、每一道符号都凝聚着不朽的箴言。毕摩中，普发贵年轻而英俊，他才 21 岁，家里爷爷当过毕摩，而他是毕摩培训班毕业的，毕摩班是政府为传承民族文化举办的。我们去的时候，他正在村子的晨光中擦拭着那面铜锣和摇铃，现在做法事很大程度上已经沦为了表演，他无奈地叹了一口气。就在他侧脸迎向阳光的一刹那，我看见他年轻的脸庞棱角更加分明。

村子里的人们都敬畏神，因此，所有重大的决定、重要的事情都必须在神的面前举行，祭祀是一再见到的风景。

三十三、马鹿塘乡

马鹿塘彝族乡躲在乌蒙山深处，距禄劝县城 90 公里。一条盘山公路悬挂在云里，路的尽头就是马鹿塘乡了，这里是禄劝县的西北部，东与则黑、南与撒营盘、西与皎平渡、北与乌东德镇四个乡镇接壤。

镇子沿着山形排开，乡政府所在地海拔 2760 米，是昆明所有乡镇驻地中海拔最高的，全乡 10 个村委会中，有 8 个村委会的海拔在 2300 米以上，属于典型的高寒山区乡镇，因此，马鹿塘乡也被称为昆明的“小西藏”。低洼处有一片湿地，昔日经常吸引着成群的马鹿来饮水，故名马鹿塘。

马鹿塘有着不短的历史和传统，清代属半果马，民国时期属镇康乡。1935 年 5 月，由彭德怀、杨尚昆率领的中国工农红军三军团奉命向金沙江挺进，抢占洪门渡渡江。长征中的红军途经马鹿塘，朴实的马鹿塘人给红军带路送粮，这至今是马鹿塘人的骄傲。

有关乡村的所有记忆，这里都能找到：火把节，蹀脚舞，彝家小调花山节，芦笙舞，唢呐，白水河在马鹿塘境内纵横交错，川流不息；麦苗，菜花，有的土地刚刚被翻开，带着大地特有的香味；麻雀在收割后的地里跳来跳去，寻觅着果腹的虫子、草根……麻科作村委会对车小组是掌鸠河的发源地。普福、撒马基两个村委会地处金沙江河谷地带，所产烤烟质量非常好，颜色橘黄，香气浓郁，颇受赞誉。犁头、锄头、镰刀、砍刀、背篓、簸箕、绳索、石臼、风车、水碓、碾碳、轭头一样也没有从大地上消失。

撒马基是马鹿塘乡最远的村庄，隔着金沙江与四川的会理县遥相对望。山、水、房子、砖墙、少量的土坯房墙、田地、鸡鸭、牲畜、男人、女人、老人和孩子、炊烟、灶台，朴素得让人心安的村庄。只是至今没有人说得清这个村庄的由来，或许是金沙江的一次冲刷，或许是乌蒙山的一次呼吸，或许是神用笔圈了一下，抑或仅仅是一对逃婚的情人，谁知道呢？

苞谷、洋芋、青稞和麦子是马鹿塘的主要作物。

我尤其喜欢青稞，这种在青藏高原广泛生长的作物，它们一定是畅饮了太多的阳光，一律齐刷刷地高昂着头。每次在乡街子上，我总会不由自主地被吸引。褐色的颗粒，在阳光下泛着黑黝黝的光，没有麦子那种黄铜般的灿烂，握在手里，饱满得让人心疼。

我的日子从来没有离开过青稞，我是幸运的，家中的竹背篓里总是盛满了密密实实的青稞。每过一段时间，我都会把它们铺在阳光下翻晒，重温那令我着迷的色泽，也防止生虫。

我喜欢把青稞放在小铁锅里炒香，然后再放进小石磨里碾细，和着烤茶，有时候是酥油茶，成了我每个清晨的美食。我每天的日子必定从弥漫的烤茶青稞香味中开始，周而复始，我喜欢那种来自土地的原味。

饱满圆润的洋芋在马鹿塘是蔬菜也是粮食，表皮极为光滑周正，密实的质地，像是在地里长了很多年。吃法也很简单，清水文火，煮至开花即可，因此也被叫作开花洋芋，吃着又沙又香。此外还有水稻、玉米、大白芸豆、黄豆、四季豆、蚕豆，历来很少出现粮食短缺的情况。

中药材是马鹿塘乡的特产。每逢乡街子，便有不少药材商人前来收购。荆芥、细辛、龙胆、黄连、柴胡、地石榴藤、板蓝根、马鞭梢是我认识的，再多，我就叫不上名字了。

最近几年，有一种叫玛卡的药食兼用的植物迅速走红，据说它有神奇的壮阳和滋补作用。玛卡原产自秘鲁，在马鹿塘乡引种后，品质出乎预料地好，很快便成了这里的主要经济作物。

在马鹿塘的一间清真馆，我点了牛肉火锅，配菜是玛卡、荠菜、豆腐和木耳，我坐在靠窗的椅子上一个人慢慢地享用着，食物的美味在舌尖上绽放。

邻桌不断有人朝我这边张望，确实，这顿饭我吃了一个多钟头。先把玛卡倒下去慢炖着，等汤色香浓的时候，再不时加入其他小菜，这么多食物一样不少地进到我的胃里，实在让人惊讶。

玛卡煮鸡是马鹿塘的一道名菜，牛奶色的汤，漂着黄黄的鸡油，不说吃，看着就很舒服。

松露是马鹿塘乡的另一项特产，模样跟洋芋差不多，地表通常看不到丝毫痕迹，但由于有特殊的香味，一些嗅觉灵敏的动物却能准确地找到它们，最初由放养的猪所发现，故又名猪拱菌、块菌。松露属于珍稀菌类，产量非常稀少，除了阿尔卑斯山脉，就只有云南和喜马拉雅山脉的少数地区才有，目前价格已经远远超过了松茸。捡松露是马鹿塘乡人一年中重要的收入，每年的 10 月到第二年的 1 月是采松露的季节，也是很多家庭赚钱养家糊口的好机会。

街子上，一位脚穿解放鞋、身披羊皮褂子的中年汉子面前摆着一小兜黑乎乎的松露，我还未及蹲下身去，一股特殊的香味便直冲脑门，问摊主，400 元一公斤，比城里便宜多了，便毫不犹疑地全部买了下来。借隔壁摊位的秤称了一下，两公斤半还多，汉子爽直而干脆地笑着摆摆手说：多的送给你吧，就算两公斤半吧。卖完松露起身汇入街子人流的汉子，走了几步又回过头来朝我挥挥手，透过人海，依然可以看见他单纯明快的眼神。

在街子的出口处，一辆微型车上已经摆了四五个装满松露的泡沫箱。专做菌子生意的小老板告诉我，这些早上还长在山里的山珍很快就会运到昆明，然后装上飞机运到世界各地。

松露可以生吃，马鹿塘的吃法很有民间味道，刚从山里捡回的鲜嫩小松露，切成薄片，佐以由蒜泥、芫荽、手舂糊辣子等做成的蘸水，又是另外一种味道。食用松露在欧洲已有 2000 多年的历史，而在马鹿塘，彝族人一直用它泡酒。选新鲜老道的松露洗净晾干，用自家酿制的高度苞谷酒泡一个月就色香味俱全了，据说可以增强身体抵抗力，滋阴壮阳。

在我看来，明月清风肯定适合野菌生长，我主观地认为这些自然界的精灵，一定是披着月光驾着清风来到树林里餐风饮露的。菌们在这个星球上存在了多长时间？我宁愿相信，它们从混沌之初就已经降临。

松茸也是马鹿塘珍稀的野生菌，有很高的药用和食用价值。因至今无法人工培育，价格一直昂贵，因此，到松树林或栎树林采集松茸并卖给来山里收购的老板，是很多农民最重要的经济来源。每年的 7 月到 9 月是马鹿塘采松茸的季节，靠山吃山，刚才还整齐地堆码在保鲜筐里的松茸，随着计算器一阵噼里啪啦地响，转眼就变成了一沓沓票子。松茸又名松口蘑、松蘑，菌体肥大，夏末初秋生于云南松、落叶松和油松林地，论模样，虽然不是暴丑，也绝归不到好看之流。松茸由于是最早推向国际市场的野生菌种之一，所以研究的资料也较多。归纳起来，一致认为鲜松茸富含粗蛋白、纯蛋白，还含有丰富的维生素 B1、维生素 B2、维生素 C 及维生素 PP 等，具有强身、益肠胃、止痛、理气化痰、驱虫等功效，还具有治疗糖尿病、抗癌等特殊作用。由于松茸所含有的激素类物质较多，对改善更年期内分泌失调、性功能失调等症状有一定疗效。行家告诉我，最好最嫩的松茸要个头适中，看起来肥嘟嘟的，浑身小黑泥。

如果世上有精灵，一定是野生的菌子们了。我想象着自己的手犹如年轻的触须，轻轻地触摸着这些小小的精灵，我强烈地感受到了一种无限的成长快乐，短暂而美丽的生命早已使它们超越了时空而生生不息。

三十四、羊皮褂子

彝族人善养黑山羊，他们总能赶着羊群找到水草最肥美的地方，因此，马鹿塘的羊肉和羊皮都是出了名的好。

在禄劝，羊皮褂子用途非常广泛，既是一年四季随身的衣服，也可以盖肩垫背，在山地劳动时还可以铺地当坐垫、毯子用。

张崇德做羊皮褂子的手艺来自家传，要得到一件好的褂子并不容易，首先要把已晒干的生羊皮拿来用冷水浸泡三至五天，全软后捞起反复削刮搓揉直至干燥柔软，还不能掉毛，这个过程被称为熟皮子，也是考量手艺的关键工序。一件羊皮褂子需要两张完整的山羊皮料，用獐子或麂子皮割成皮筋线，再一针一针缝制而成，一年下来也只能做十来件。

我很喜欢张大哥做的羊皮褂子，极简，没有多余的裁剪，羊皮的质地柔软温暖。始终无法割舍，终于买了一件。羊皮褂子有着原始的皮质手感，非常实用，一年四季都可以穿，天冷的时候把毛面贴身穿，天热的时候再把毛面翻在外面。春秋季节，穿一长款打底衫搭配，依旧是很落拓的。

尤其是冬天，坐在书房，往身上一搭，温暖而另类。

亦可以收藏，难得的手工，能够做的人越来越少了。

三十五、羊毛花毡子

制作羊毛花毡子是杨庆祥的绝活。

禄劝大部分地区属于高寒山区，羊毛毡子是日常生活中御寒除湿最重要的生活用具。现在，随着旅游业的发展，原本的生活用具更多地被作为手工艺术品收藏。

羊毛花毡子的制作颇为复杂，首先要把羊毛分拣，清洗干净，然后才弹毛，反反复复擀毡，再洗毡、染色、定型，一床毡子才算做成。其中的每一道工序都不是简单活，就拿弹毛来说，一天下来也弹不了几斤，没有体力和耐心的人是绝对做不了的。

然而，这还不是最难的，一床毡子真正的技术和工艺含量完全体现在擀毡中。一张长竹帘、一个水碗，毡子的好坏完全看工匠的手艺。

杨大哥如今已是 60 多岁的人，问及工艺的传承，杨大哥有些无奈地说，擀毡子不仅是技术活，更是苦活、累活，已经没有几个人愿意干了，我也只能擀一天算一天，没准哪个早上起来就擀不动了。

三十六、去风帽岭的路上

在马鹿塘，朋友们一再推荐我去风帽岭，大有不去风帽岭就枉来马鹿塘的意思。禁不住诱惑，午饭后径直而去。远远就看见为白雪覆盖的风帽岭主峰在阳光下晶莹剔透，散发着熠熠的光芒，心中不免兴奋，而稍微往下一台，便是漫溢的冷杉林，好看极了，不由得迈着大步走啊走。在去风帽岭的路上，我的眼睛总被一团团不知所措的绿色所笼罩。

看见一块指路牌。在乡下，小儿夜啼不休，做母亲的就会找到具有无限神通的毕摩，请他为自己的孩子制作一块指路牌，让游走的灵魂找到回家的路。其实，指路牌不仅用于孩子夜啼，诸如孩子生病、尿床、不听话等等，也很灵验的。

母亲们相信，只要安放了具有无限神通的指路牌，一切都会好起来。以前也曾见过毕摩为夜啼的孩子喊魂，安放指路牌。黑夜里，孩子的父母神色庄重，蜡烛前，毕摩在一块光滑的镜面上一个一个地竖起鸡蛋，看不明白的仪式搞了一个多钟头，那夜啼的孩子居然从此夜里安然入睡，神秘主义往往在关键时刻显示力量。

经过两户人家，地里的小麦已经绿成了一片海，地边不远处散布着三头牛、一匹马。在乡村，牛已经越来越少了，它们繁重的劳动正被拖拉机所取代，这是值得庆贺的。与马相比，牛们的结局似乎更具悲剧色彩，在把一生的力气交付给土地和人之后，它们的生命也就走到了尽头，肉身必然会被肢解，然后在某个清晨出现在案板上，皮会被割成鞭子，继续抽打在同类的身上，会被鞣熟，制成各种皮具，曾经鲜活的生命，就这么鞣入了冷漠的世界里。

冷杉林披着长长的树胡须布满了山冈，阳光星星点点漏下来，照耀着最下层稀疏生长的竹笋、小草之类。现在虽然是冬季，大片的杜鹃林依然生机盎然。沿着冷杉林走了两个多小时，登上风帽岭海拔 3301 米的主峰，这里是马鹿塘乡的北部，也是禄劝境内南北的分水岭。站在风帽岭山顶，有风刺骨吹来，太阳迷离，山峰与苍穹相接，薄雾缥缈，重重叠叠。

抬起头，我看见了蓝天中尚未隐去的雪山。

三十七、乌蒙乡

说乌蒙山是世界上最磅礴的山，未免矫情，但山壁垂直、山峰耸立却是真的。造化在不经意间，让这片山脉以沧桑之躯来到世间，又以青春之颜重入轮回，犹如肉体与灵魂的变幻。苍茫的大山构成了乌蒙乡的灵魂，金沙江水在山谷里蜿蜒着、奔腾着，随风吟唱。在乌蒙山峡谷，抬头大都只能看到一种景象：蓝天和白云。

如今，大多数的农人依然每天在大地上劳作，木镬和砍刀依然是这里的主要农具。山村的静谧流溢出来，空蒙而温和。孤寂，但极具美感。

一切都还是初始的样子，仅仅是水冬瓜树长出了一圈又一圈的年轮，仅仅是屋顶长出了一层又一层的青苔。

乌蒙乡位于禄劝县西北部普渡河东岸的轿子山麓，从轿子雪山旅游专线过去要比从禄劝县城过去方便得多。

三十八、杀嘎

杀嘎是乌蒙山深处的一个壮族村庄，距禄劝县城100多公里，

沿着乌蒙山陡峭的小路一直向着金沙江的方向走去，对面山梁子上偶尔会闪过几户房屋，转眼又被白云卷了去。穿过延绵的大山下到普渡河边，眼前现出了一个小小的村庄。村旁一棵历经千年风霜的老木棉树，硕大的鸬鹚窠臼远远就能看见。

除地理和贫困的因素以外，杀嘎自有一套自己的价值标准和传统道德：路不拾遗、有食即安、见者有份，毫无疑问，这是一个使人温暖的村庄。犹如某种蛰伏的东西忽然间强悍地宣告了自己的存在，杀嘎传递了活跃的神秘和美丽，让我们在现代社会普遍的冷漠中感到了一种无法抗拒的吸引力，找到了彼此之间的慰藉与温暖。

普渡河边的河滩上盛产一种拇指芭蕉，香浓味甜，每逢乌蒙

乡街子天，村人们半夜便起身，或人背，或马驮，把砍下来的新鲜芭蕉运到街子上去卖，这是他们唯一拿得出手的物产。靠山吃山，杀嘎村却没有从山里收获富裕，由于山高土薄，缺少有效的水源，土地的收成非常有限。我走进了一户李姓人家，种子出苗期间，为了抵抗毒太阳，老人每天很早就得起床，他穿着自己编织的草鞋，扛着一把锃亮的锄头走向坡地。公鸡在打鸣，邻家的狗“汪汪”地叫起来，尽管覆盖了地膜，秧苗长势依然不太好，杯水车薪，人的力量实在有限。老人垂头丧气地蹲在田边，像一根很多年一直存在的树桩。

三十九、乐作尼

去乐作尼的路只能用两个字来形容：惊险。勉强容得下一辆车的山道，大部分由碎石和泥土组成，十多公里的路面竟然有十多个回头急弯，每个弯都要倒挡几次方能转过去。好几次我都吓得想要放弃不去了，可狭窄的山路左边是山体，右边即是悬崖，全然没有掉头的地方，无论心中如何后悔恐惧，也只好硬着头皮往前走了。一路不停地按着喇叭，心里默念着千万不要出现对头车，否则只好双方都倒车回去了。

已记不清拐了多少个急弯，隐约中，一条塘石小路蜿蜒进村。

乐作尼的建筑，很多都不用钉子，全靠榫接，散发着一种森林与山谷的自然气息。篾箩、蓑衣、砍刀、线捻、织机，在普大哥家里，我久久地注视着这些依附了彝族人时间、灵魂、事件、记忆的生活用具。在云南的许多地方，同样的元素曾经带给我久远的祥和、温柔与宁静，如今，在乌蒙山这个朴素的山村里，我们再次相遇了。

一瞬间，湿润占据了我的内心，我想，我对它们的怀念已经很久了。

普大哥把我带来的瓶酒放在一边，然后搬出一个脖子像蛇一样，肚子却有水桶般大的造型奇特的陶罐说，喝这个才过瘾。酒，对于山地人来说，是必不可少的饮料，来源于祖先们漫长的迁徙和古老的狩猎场，娶媳妇生娃娃要喝酒，过节跳舞要喝酒，祭神拜佛要喝酒，平时餐餐顿顿要喝酒，客人来了更要喝酒。

吃过午饭，我对普大哥说，我要回去了。

他也不说什么，只是转身进屋用塑料袋装了一袋洋芋递给我，就拿着砍柴刀出门去了，完全没有城里那种烦琐的客套。

四十、温暖的邂逅

板栗树、核桃树、云南松、冷杉、箭竹、蕨，肥沃黝黑的腐殖土上生长着浆果、菌子，大地敞开胸膛哺育着一切生命。去皎西的路上，我遇见了一对夫妻，如土的肤色，暴起的青筋，昭示着他们一生的勤劳。他们正在收获萝卜，路边的农用小三轮已经装满，地上还留有装不下的两小堆。抬眼望去，还有绿油油的一大片没有收获。

我对面积没有概念，无法估算这一大片萝卜地有多大。在这样的时刻，我愿意静静地来到他们身边，听他们说说话，说说庄稼农事，说说油盐柴米，说说山水溪流。我问他们家里有几口人、几亩地，养了多少鸡猪、多少牛羊，种了这么多的萝卜，有人收购吗？大哥暂时停下了手中的活计直起腰来说：萝卜不值钱，没人收购，种了喂牛的，家里养了四头牛。

大嫂笑眯眯地顺手拔起一个，用镰刀三两下削了皮递给我说：大妹子，走累了吧，解解渴。

没有推让，接过萝卜，嘴甜心暖。在乡下，我经常会遇见这样的农人，也经常喜欢与他们聊天说话。说话间，晚霞不知不觉染红了不远处的村庄，大哥大嫂一再邀请我一起回家吃晚饭。大哥说，家里有自烤酒，香得很，鸡也是自家放养的，你在城里吃不到的。大嫂乐呵呵地说：酒药还是我上山替他找的，十几味都找齐了，很不容易的。真想随他们去家中小斟小坐，宁静的乡村，朴素的人们。

四十一、轿子雪山

轿子雪山是我一直想去的地方，不可思议的是，距昆明 160 多公里的地方，我竟然在今年才抵达。

虽然禄劝的友人们一再告诉我，轿子雪山四五月份去最美，那是漫山遍野杜鹃林开花的季节。可我等不得了，还是一意孤行赶了去。我是个勤于行动的人，不习惯等待，想到的事情马上就会去做，为此没少得到朋友们表扬。况且能够在昆明附近看到雪山，谁说不是奇迹呢。

早上走出转龙宾馆便发觉夜里下过雨了，经验告诉我，轿子雪山一定会下雪。高海拔地区，只要气温在零度以下，又有足够的湿度，便会下雪。犹豫了一下，还是决定去。

来到四方井，渐渐下起了米粒雪。随着一阵阵北风，雪花越飘越大。在风雪交加中行走，比想象中艰难。大雾弥漫，只能依稀看见四五米以内的景物，大黑箐、花溪、冰瀑、惠湖这些赫赫有名的景观只能凭想象了，心中不免有些遗憾。

如果是夏天，轿子雪山完全是一个美丽的地方，蓝天白云，杜鹃花开得重重叠叠，一如风景画里常见的那样，而现在只能由风折腾去了。到达天池的时候，水面早已被冻住，飞舞的雪花和浓雾遮蔽了一切，峰，树，拾级而上的阶梯。脚步飘飘的，经常感觉快要站不住了。

身边不断有人停下来，不断有人退回去。走在前边的一个穿着羽绒服的高个子忽然说：耳朵快冻掉了。

大片的冷杉林成了雾凇，我被蛊惑着，继续顶着汹涌的北风往前攀去。风吹得身体似要飞起来，几度抱紧栏杆才没有飞出去，一公里的路程足足走了一个多小时。

事后回想，我确实有些莽撞了。

眼睛紧盯着前边的红色羽绒服奋力往前走，心脏剧烈地跳动着，腿已经有些不听使唤。好不容易登到佛光岩的时候，一直走在前边穿红色羽绒服的小伙子忽然放弃了登不远处的轿顶，侧身相让的一刹那，我看见了他苍白发青的脸和乌紫的唇。

一个人继续走了半个多小时，终于登上轿顶，想象中的鬼斧神工一样也没有看见。举起早已不听使唤的手拍了一张轿顶 4247 米的标志，风雪大雾中唯一能够看见的景物。

能够在狂风和雪花中登上轿顶，我真的有点佩服自己。

不甘没有看到轿子雪山的真容美景，十天以后一个晴朗的日子，我居然着魔般地第二次来到了轿子雪山。出发前，看着我兴奋地收拾行装，老存真的很无奈。至今感激他的包容与耐心，温暖一直在心里。

阳光下，满山的杜鹃已经打满了青涩的花苞，等待着又一场轰轰烈烈的绽放。喜欢在不经意的时刻，默默与轿子雪山相遇，喜欢那种传遍五脏六腑的战栗。或匆匆走过，或徜徉其间，都能嗅到弥漫的异香异彩。脱俗的清澈，萦绕不绝，这是轿子雪山独有的蛊惑，即使是简单的蓝天白云，也饱满热烈。有时候觉得它们孤绝冷漠，有时候又觉得它们吟唱不已。星宿与冰雪的缠绕，荡漾出漫天的汹涌。

四十二、雪山乡

如果没有水的出现，人很容易就会感到恐慌，太寂静了。远处，有影子一跳一跳的，似在空气中飘浮一般，几匹马驮着垛子忽高忽低地向着陡峭的山崖走去，似乎就要钻到岩石里去了。低头看一眼黑森森的谷底，我感到一阵眩晕。

太阳从山侧面斜过来，扫出一支强烈的光柱。灌木丛间散布着一些坡地，稀稀拉拉地长着一些绿色的苜蓿。接近山顶的洼地里，有一小片房子。房屋挨得很近地排列着，尽量利用每一寸稀有的平地。雄浑的大山与小小的村子形成了强烈的对比。

这么荒凉的地方居然也有村落，依然是无声无息的寂静。

房子蜷缩在黑暗里，我躺在乡村旅馆的木床上。一抹月光透过板房的缝隙扫在枕边，瀑布喧嚣的声音从很远的地方传来。一阵睡意袭上来，我的眼皮沉沉地合在了一起。

早上，一团团棉花样的云朵从谷底扶摇直上。云朵升到村子便散成迷雾，与房顶升起的炊烟混合在一起，很快就罩住了村子。

雪山乡位于禄劝东北部，因地处终年积雪的乌蒙山北麓而得名。

四十三、转龙镇

在乌蒙山峡谷，大多数人只是奔着轿子雪山而去，却不知转龙镇才是千曲百回金沙江边的一颗明珠，大山深处的一片旖旎水乡。

在午后的阳光中进入转龙镇，我远远看见路口竖着一棵四五米高的彩龙环绕的柱子，这是转龙镇现在的标志，寓意着转龙这条“祥瑞之龙”将会永远蓬勃兴旺。沿着洗马河往前走，穿镇而过的河流两岸种满了柏树。

在转龙，缩泉绝对是不该错过的好去处。这个神奇的泉眼在小镇的北部，上下两潭互通，上潭饮用，下潭洗涤。泉边，有一座小巧精致的龙王庙。

傍晚，徜徉于小镇，正遇缩泉涨水，带我去的朋友连称好兆头。一位正在泉边汲水的大嫂闻声脸上也开出了一朵花。

缩泉一年四季昼夜四时涨落不定，相传只有吉时吉人才能有幸遇见。望着涌动的泉眼，满池的春水，心里瞬间充满了欢喜。

在一间豆腐坊前驻足。禁不住诱惑，要了一碗刚点出来的豆花，撒上绿汪汪的小香葱和芫荽，再淋上红彤彤的油辣子，既好看又好吃。转龙豆腐嫩滑味爽，入口即化，其制作秘诀在于水好，转龙的地下水纵横交错，水质甚好，是制作豆腐不可多得的上好水源。

一直喜欢这样的存在，不经意间便生出柔软的感动。

第二天是街子天，脚步随着熙熙攘攘的人流转动。在中山楼前的摊子上买了现在罕见的土纸。

转龙土厚水旺，竹麻曾经广泛地生长在这里。转龙人手巧脑子灵，就地取材用竹麻造纸，硬是让这种遍地生长的植物变成了银子，当年昆明的凤翥街就是转龙土纸买卖的地方。转龙曾经兴盛一时的蒋、罗、蔡、彭四大家族皆以造纸发迹。

其中蒋氏家族的发家史最富传奇色彩。传说当年蒋宅的主人蒋倡海不过是个运送土纸到昆明卖的马锅头，一天，他接到一单运送白油的生意，白油即猪油，是当地土话。无意间，蒋倡海发现这批货物根本不是什么“白油”，竟是白花花的银子，他脑子一转，将计就计用白油换下了这些银子，从此发迹。传说已无从考证，当年蒋家曾经的辉煌确实毋庸置疑的。建于 1943 年的蒋家大院幽深静谧，是典型的“四合五天井，走马串角楼”结构。扇扇雕花木门皆出自通海匠人之手，花纹早已苍老，飞翔的凤凰、腾云的飞龙在木门上沉沉睡去。

手工土纸的制作颇为繁复，竹麻要经过砍、拖、磕、泡、煮、碾、泡、抄、晾九道工序才能变为土纸。漫长的岁月里，土纸曾被用来抄写行云流水般的经卷，也曾是人们随手可以触摸到的日用品。

四十四、红土地

这是一场视觉的盛宴。土地的颜色初看是一片燃烧的红色，看多了，就慢慢看出了基调中有着丰富的色彩过渡。浅红，砖红，赤红，紫红，黄棕红，灰红，绿红，颜色的细节太多，再伟大的画家也画不出来。不同的植被，不同的土质，影响了土地的颜色。而过于绚烂的色彩，又影响着我对土地的看法。不是每个日子都阳光灿烂，也不必每个日子都有阳光，有时候，阳光只在厚厚的云层里，云朵四周的光也非常好看。

红土地镇的居民有很大一部分是彝族人。几头黄牛在金黄的草地上啃食着干草。犁是山村常见的农具，在东川红土地，犁也是每家主要的生产农具。我曾问过一个家境不错的农人，怎么不用手扶拖拉机呢，选择机器可能更省力，他淡淡一笑说：习惯了。

常常可以看到这样的情景，毛光水滑的健壮黄牛，驾着犁，破浪般翻开收割过的土地，新鲜的红土马上像翻卷的浪花，齐刷刷地涌了上来，农人不时会习惯性地扬起鞭子吆喝一两声，但鞭子并不会真的落在牛身上，只在空中打个漂亮的旋儿便收住了。有着麦子般肌肤、臀部结实饱满的女子，用一只撮箕在后面跟着撒种。农闲的时候，农人会一遍一遍地抚摸擦拭着那些工具，几场雨后，种子便争先恐后地冒了出来。第二个星期再去，整块地已经绿成一片汪洋。

土地的野性，茁壮的庄稼，东川的红土地上常年轮番种植洋芋、荞麦、油菜，不同的品种开出不同颜色的花朵，红色的，黄色的，白色的，紫色的，一片片，一垄垄，极具电影感。有时候，也会种上一种叫蔓菁的作物，是喂牛最好的青饲料。在一片很不起眼的洼地里，苜蓿密密麻麻的小脑袋突然齐刷刷地从地里钻了出来。

覆盆子在这里被叫作黄泡或是锁梅，通常有两种好看的颜色：黄色和紫色。在一大蓬覆盆子前，我伸手摘下一粒粒灌满汁液的浆果放进嘴里，美妙的味道霎时传遍舌尖。

尤其喜欢野葡萄紫色的汁液，它们是我在午后调制一杯美味果酒必不可少的原浆。有一种小红果果叫火把果，早春开花，初夏挂果，蓬勃和广袤是它们的基本特征。朋友养了一只十八年的鹦鹉，每天，火把果的美味和浆汁持续地溢满了它那小小的胃囊。对于一只鸟的生命来说，十八年已是漫长的时光，由鸟及人，想必这神奇的果实一定具有长寿的功效和基因了。

一些早已从城里人味蕾上退出的饮食和植物依然在这里盛行，野面瓜、山竹笋、荠菜、灰灰菜、马豆草、野百合以及各种各样的山菌，都是上好的野菜。

到了红土地，不能不说金沙江。

金沙江是长江上游的河段名，因江中含有沙金而得名，发源于青海省的唐古拉山沱沱河，江源水系汇成通天河进入横断山区后，开始被称为金沙江，红土地是金沙江最险的地段之一。我开始往回走，我要回到散发着油菜花香的小旅馆，就在我转身的时候，一束向晚的光扫在了一匹依然漫步在田野里的马身上。柔和的光跳动着，与马相互追逐依偎，给我的视野带来了足够的温暖。

土地散发着神性，播下所有的种子和秘密。炊烟让黄昏的村庄有了巨大的暖意，我的眼睛充满着明媚的橙色，与大地和植物融在一起。我伸出一只手握住了阳光，这是世间万物为土地跳起的礼赞之舞。

四十五、时间深处的石板房

那是一个清晨，我发现自己再次来到了一个石头的世界。

就在前不久，我去了石林两个神奇的彝族古村大糯黑、小糯黑，两个以石头相伴、以石头为生的石头村。

在东川，我再次与石头的世界相遇。

石头的墙壁，石头的屋顶，石头的气味，石头的呼吸，村口的神树在清晨的阳光下透出星星点点的光，随着树枝的摇曳在地上跳荡，那么美丽和绚烂。

走进村民家中，心情却再也无法高兴起来。满眼的石头见证着在这里生存的不易，这里四周山势陡峭，地形险恶复杂，土地贫瘠，气候寒冷，有限的土地永远不可能养活太多的人，年青一代已大部分外出谋生，只有年老的人们依然在这里延续着世代日出而作，日落而息的生活方式。如果稍微追溯一下便可以知道，石头房子的出现其实是贫困的产物。两百多年前，陆续有贫困的人们从深山采来石板，伐来圆木，就地取材依山势动手搭建起石头房子，天长日久便形成了今天的石板房村。

站在石板房村，抬头就可以看见不远处白雪皑皑的牯牛山顶峰，它是昆明最高的山峰，雄、险、奇峻是周边环境的生动写照。然而，绝世的风光并没有给这里的村民带来更好的生活，相反，由于山高路远，那里的生存一直格外艰辛，身体的，生活的，都是实实在在的苦与不易，人们的脚步经年在山里移动，吃着山里出产的荞麦、苞谷，喝着从远处背来的泉水，日子就这样日复一日、年复一年地过去了。

2014 年，汪家箐石板房进入中国传统村落保护名录。

四十六、精灵们

五月初第二次去小江的时候，终于有幸邂逅一群美丽的精灵，至今依然记得当时的欣喜与美好。怕打扰鸟们，便小心翼翼地站在远处，仰起头，岩壁上那些神秘的巢穴覆盖了眼前的一切，树林、尘埃、寂静、喧闹都已经飘然而去，忙碌的鸟们若隐若现。而身边，正是大地最繁盛的季节，各种农作物和果树井然有序地布满了小江两岸，争奇斗艳，绵延不绝。

上次去小江是二月初的时候，在离小江口不远的土壁上，看到一些密密麻麻的巢穴，当得知是神秘美丽的栗喉蜂虎鸟时，心里便生出一个美好的念想，相信自己一定是与它们有过约定的。我被这个热切的愿望鼓舞着，从东川回到昆明，立即找寻有关栗喉蜂虎鸟的各种资料。在一本描写云南鸟类的书上，终于见到了图片，美丽的眼纹，栗色的喉部，翠绿的飞翼，极喜欢它们明媚的蓝色尾翼。这些精灵的绝技是在高空做出各种高难动作，能够在急速的飞行中突然悬停下来，至于急速回转、俯冲对它们来说，已经是本能动作了，因此，它们总能在一瞬间捉住各种小昆虫。

在东川，栗喉蜂虎鸟已经生活了十多年，被称为中国最美丽的鸟，每年四月到六月，是它们繁衍生命的季节，它们成群地出没于东川的河畔森林，俯视一切，又仿佛淡忘一切。

2013 年，栗喉蜂虎鸟进入濒危物种红色名录。

四十七、格勒村

出了东川城区往北，便与小江相遇。蜿蜒的小江，像从金沙江里游出的一条水蛇，奋力往大山深处钻去。

小江是金沙江右岸的支流，发源于寻甸的车湖，100 多公里的河长几乎完全从植被稀少的荒原上流过。在东川境内，泥石流冲击沟就有 50 多条，是世界上泥石流暴发最频繁的地区之一。

泥石流本是一种迅猛恐怖的自然灾害，以小江流域著名泥石流观测点蒋家沟来说，平均每年发生泥石流 12 次，最多的一年竟达 28 次。泥石流既是自然灾害也是人为灾难，森林的大量减少就是原因之一。

现在的小江河床两岸，全部是泥石流与江水的共同杰作冲击台地，土壤多含沙质，疏松肥沃，广泛种植着西瓜、香蕉、火龙果、甘蔗、红薯，一年四季，硕果累累。东川人在品尝苦果的同时，以滴水穿石的韧性接受了它的残酷并加以改造和利用，在坚硬的现实中多少有了些盼头。

二月初，在接近渡口的格勒村地方，我进入了一片橘园，头年黄灿灿的果实依然挂在枝头，园主在路边支起小摊，不慌不忙地打发着时光。而旁边的河床上，大片的西瓜秧苗已经开始抽出了弯曲好看的卷须。

在一处稍微开阔的地方，我停了下来，绝壁悬崖，山河气势，尽收眼底。

在东川的最北边，小江与金沙江的交汇口，格勒村出现了。这里是巧家、会泽、四川会东和东川区的接合部，也是昆明最北和海拔最低的乡村，格勒村人因了小江活得有滋有味。小江产奇石，以金江彩石头最为珍贵。

太阳一步步往山顶赶去，我站在有些发暗的江边。

一块彩色的石头吸引了我的目光，把手伸进有些发凉的河水里，很容易就把这块以红色为主的石头握在了手里。朋友在一旁兴奋地指点说，这是一块不错的朱砂彩，是雕刻印章的绝好材料。受到鼓舞，心中一喜，双脚便如粘住一般，再也离不开布满石头的河滩。

走进格勒村，随处可见客栈、餐馆、奇石馆，村民的生存手段已由农耕转向了旅游业。

后　记

这些文字是我与故乡一次次心灵的聚首。

我出生并一直生活在云南，即使在经济和交通高度发达的今天，这里的大部分地方依然是遥远和蛮荒的代名词，要从一个山头赶往另外一个山头，花上三五天也是常有的事。由此，我想到了地理。山，养育了这片土地上的生灵，也挡住了外面的世界。可以说，这里的每一座山、每一片草地、每一汪碧水和每一块散碎的石头都在告诉我，生命就是从这些看起来既原始又贫瘠的地方长出来的，即使没有灾难，生命也还是在慢慢流逝。当我希望讲述一个个生命故事、一段段乡村历史的时候，他们就在我的眼前，他们的生死悲欢、爱恨伤痛都与我有关。在我看来，只有一个个人物的命运、一个个族群的集合，才能成其为文化，而每一种文化都是大地上的珍品。从写作的意义上说，阅历让我看到更多，懂得更多，学习更多。尽可能地表达一些有用的东西，更多地在乎土地，在乎他人，一直是我努力的动力。

于是，这片土地上的山川与河流，传奇与命运，生与死，那些我爱和爱我的人们，便会在某个不经意的时刻，带着我的体温，以文字的方式脱颖而出。

失望，衰老，痛苦，悲伤，爱，悲悯，善良，当然还有希望，我一直感觉到它们深深地埋藏在土地的深处，并给了我一种人的东西：生命从来都不是盲目的，唯愿自己能够坚持与努力。

2017年3月16日于昆明